JN030550

旅のメンバー。左から大割範孝氏〈北日本新聞社文化部(当時)〉、田中勇人氏〈同社写真部(当時)〉、次男の宮本大介氏、著者、秘書の橋本剛氏。天水郊外・麦積山石窟にて。

上：カシュガル郊外のポプラ並木／下：星星峡

羅什寺塔

上：興平の麦の道／下：ラクダ飼いの男女

ひとたびはポプラに臥《ふ》す 1

宮本　輝

集英社文庫

目次

旅の行程
モンゴル
N
黄河
内蒙古自治区
回
廊
山丹
張掖
姑臧城跡
武威
テンゲル砂漠
双塔
万里長城跡
烏鞘嶺
寧夏回族
自治区
陝西省
天祝
定西
黄土高原
蘭州
楡中
秦安
麦積山
通渭
渭水
宝鶏
眉県
武功
興平
西安
天水
兵馬俑坑
草堂寺
秦嶺山脈
両当
四川省

火焔山
鄯善
←トルファンへ
ハミ
星星峡
新疆ウイグル自治区
柳園
甘粛省
敦煌
莫高窟
安西
嘉峪関
酒泉
祁連山脈
祁連山
青海省
シルクロード全図
今回の行程
カザフスタン
モンゴル
アクス
カシュガル
クチャ
コルラ
トルファン
ハミ
柳園
敦煌
安西
酒泉
嘉峪関
張掖
武威
蘭州
天水
西安
ヤルカンド
サイドゥシャリーフ
タシュクルガン
フンザ
ギルギット
チラス
イスラマバード
ペシャワール
インド
中華人民共和国
N

ひとたびはポプラに臥《ふ》す　1

新文庫版まえがき

よくもこんな旅に出たものだし、よくも無事に帰ってこられたものだと我が無謀にぞっとしながらも、心のどこかに「また行きたい」という危ない思いも抱いてしまう。

中国の西安《せいあん》からパキスタンのイスラマバードまでの六千七百キロの旅から帰国したときは四十八歳だった私は七十五歳になった。

七十四歳のとき大病をして手術室に向かったが、そのときふと標高約五千メートルのクンジュラブ峠のあたりを包む雲を見つめて、あそこをこれから越えるのだなと思った瞬間の四十八歳の自分の心を思いだした。

あの旅から帰ってきた俺だ。また帰ってくるぞ。麻酔で少し朦朧《もうろう》としている頭で、はっきりとそう思ったことをおぼえている。

この『ひとたびはポプラに臥《ふ》す』には「死をポケットに入れて」という章がある。いま思うと、俺たちは旅のあいだ四六時中「死をポケットに入れて」歩いていたのだ。五時間や六時間の手術などどうということはない。

私は手術室に入るとき、確かにそう思ったのだ。このシルクロードの過酷な旅は、そういう度胸をつちかってくれたにちがいない。

二〇二二年十月一日

旅の始まりに

私は二十七歳のとき、鳩摩羅什《くまらじゅう》という人物のことを知った。新聞だったのか、なにかの雑誌だったのかはよく覚えていないが、とにかくほんの十数行の簡略な文章であった。

西紀三五〇年ごろ、いまから約千七百年前に、シルクロードの要衝・亀茲国《きじこく》（現在の中国新疆《しんきょう》ウイグル自治区・クチャ）に、国王の妹の子として生まれ、七歳で出家し、九歳のとき母とともに天竺《てんじく》へ留学の旅に出たあと、小乗仏教にたちまちに通達し、やがて大乗仏典に出会い、そのサンスクリット語の厖大《ぼうだい》な経典の漢語訳を生涯の使命と決める。

そのとき羅什は十二、三歳の少年だった。類《たぐい》まれな頭脳は、中国だけでなく、周辺諸国にも伝わっていたという。

自分の国の滅亡や、囚《とら》われの身として約十六年間の苦難の生活ののち、五十歳のころ、請《こ》われて長安《ちょうあん》（現在の中国陝西省《せんせいしょう》の西安《せいあん》）に行き、そこで『妙法蓮華経《みょうほうれんげきょう》』、『大品般若経《だいぼんはんにゃきょう》』、『十住経《じゅうじゅうきょう》』、『維摩経《ゆいまきょう》』、『阿弥陀経《あみだきょう》』、『大智度論《だいちどろん》』、『中論《ちゅうろん》』、『成実論《じょうじつろん》』等の、三百余巻に及ぶ経典の珠玉の翻訳を成し終えて、六十歳のころに没した。

この鳩摩羅什の存在と、彼の漢訳経典なくしては、現在の仏教の流布は有り得ない……。要約すれば、そのような文章であった。

仏教への興味の有り無しにかかわらず、西紀三五〇年ごろに、そのような少年が生まれ、生き、己に誓ったことを成しとげて生を終えたという歴史的事実は、私の心に深く捺《お》されて消えなかった。私も、私の出来る分野において、そのように生きたいと思ったのだった。

そして、私はいつの日か、鳩摩羅什が歩いた道を自分も歩こうと決心したが、その機会を得ないまま、約二十年が過ぎた。

人間の情熱はうつろいやすい。

だが平成七年、あの阪神・淡路大震災が起こり、私の家も壊れてしまった。

私はあの日、所用で富山市にいたし、幸運にも家族も無事であった。

だが、斜めにひしゃげてしまった家を目にして、悲惨なありさまの書斎に入ったとき、私は慄然《りつぜん》となり、もし家にいたら、自分は死んでいたか、あるいは死に及ぶほどの怪我《けが》をしていたに違いないと思った。

地震が起こったあの時間、私は書斎にいる確率が高かったのだ。

その後、仕事で再び富山市に行き、北日本新聞社の上野隆三《うえのりゆうぞう》社長（当時）と酒を酌み交わしながら雑談した際、鳩摩羅什のことを話すと、上野氏は、社が全面的に応援するから、ぜひ羅什が歩いた道を歩いてみないかと勧めて下さった。

「大変な旅ですよ」

あまり丈夫ではない私には臆する気持が強くて、そう答えたのだが、上野氏は本気だった。

私はふと阪神・淡路大震災を思い、あのとき自分は死んだのだと考えれば、シルクロードの七千キロに及ぶ旅など、たいしたことではないという気になったのだった。

そしてその年、私は、北日本新聞社文化部の大割範孝《おおわりのりゆき》記者、当時、写真部記者であった田中勇人《たなかはやと》記者、私の秘書の橋本剛《はしもとつよし》くん、次男の大介《だいすけ》とともに、西安からパキスタンのイスラマバードに至る六千七百キロの旅をやりとげることができた。

『ひとたびはポプラに臥《ふ》す』は、その旅の記録である。

文明の十字路と呼ばれ、民族の十字路とも称されるシルクロードで、私は何を見て、何を感じたのか。

ひたすらつづく酷暑とゴビ灘《タン》と蜃気楼《しんきろう》と竜巻以外、何もない広大な地帯にあっては、一本のポプラの木陰がどれほどありがたいものかを痛切に知り、おそらく千六百年前、留学のためにタクラマカン砂漠を横切り、険難なカラコルム渓谷を母とともに越えた少年にとっても、一本のポプラの木陰は、ひとときのたとえようのない休息を与えたことであろうと思った。

そこで私はこの紀行文を「ひとたびはポプラに臥す」と題し、北日本新聞紙上で週に一度の連載をつづけてきた。

日本の殺伐としたシステムと生活にあって、私たちは多くのものを失ないつづけているが、「静かに深く考える時間、静かに深く感じる時間」の喪失は極めて重要な問題だと思う。

天山南路《てんざんなんろ》、西域北道《せいいきほくどう》を経て進むシルクロードの苛酷な日々にあって、私は「静かに深く考える時間、静かに深く感じる時間」を取り戻したような気がする。

内政には不干渉であるべきだという原則にのっとれば、私は中国についていささか失礼なことも書いている。

しかし、私は「そのように感じた」から「そのように書いた」のであって、他意はない。

この紀行文によって、読者のかたがたが、たとえひとときにせよ、文明や民族の十字路にたたずみ、芯を失なった日本という国の、うるさすぎる日々や、明るすぎる夜から、多少なりとも自由になっていただけるならば、私にとって望外のしあわせである。
それでは、昼間の気温四十二度の、なんにもない、ただそこで生まれて生きて死ぬ人間がいる、しかし貧しくとも、いまの日本の人々よりもはるかに真摯で純情な恋があり、優しくて寡黙な強い家族のつながりがあり、生きるためにしたたかで烈《はげ》しく勇気のある人々のいる、シルクロード六千七百キロの旅に、いざ行かん。

一九九七年九月一日

第一章

少年よ、歩きだせ

下校（西安郊外）

ただひたすら長くて虚《むな》しい六千七百キロの道を、私は約四十日かかって車で旅をしてきた。

日本を発《た》ったのは一九九五年五月二十五日で、帰国したのは七月一日である。

六千七百キロが長いのは当然としても、その旅のあいだ、なぜ絶えず不思議な虚しさのなかにあったのか、私にはまだ正確に分析できないでいる。おそらく、生涯、あの虚しさの理由は言葉にできないような気がする。

毎日毎日、予定の道程を進むことに精力のほとんどを費やして心の余裕がなかったのか、あるいは多くの人が感じるというロマンなるものを、私の感性はすくいあげることができなかったのか、それすらもわからない。

そこで私は、旅をしながら書きつづった日記とか、架空の誰かにあてて書いたまま投《とう》函《かん》しなかった手紙とかを整理し、それらも交えながら、私が旅先でいかなる風の音を聴き、いかなる人々の汗と生活を見つめ、いかなる町のたたずまいに背を向け、いかなる太陽と熱風にあえいだかを伝えたいと思う。

これを読もうとする人は、まず大きな世界地図をひろげることが肝要である。

そして、地球という惑星が、気が遠くなるほどの空間を有する無始無終の宇宙にあっては、針の穴ほどの大きさにも劣る、いつかは必ず消滅するであろう微小な星にすぎないことも、あらためて認識しておかなければならない。

私が旅をしてきたのは、中国領では陝西省《せんせい》の西安《せいあん》から新疆《しんきょう》ウイグル自治区南西端のタシュクルガンまでであり、そこから標高約五千メートルのクンジュラブ峠を越え、パキスタン領に入って、フンザからイスラマバードまでの、いわゆるかつてのガンダーラ地方である。

その道は、いわずとしれたシルクロードであり、仏教伝来の道でもあった。

それなのに、私は、目醒《めざ》めたときも、猛暑の道を進んでいるときも、オアシスの木陰でひといきついているときも、眠りにつくときも、ひょっとしたら眠っているときでさえも、執拗《しつよう》な虚しさから解き放たれることはなかった。

だが近松門左衛門《ちかまつもんざえもん》は〈虚実皮膜〉という言葉を使っている。それは近松の物語論であるにしても、〈虚〉があれば、〈実〉はコインの裏表としてあらわれるはずにちがいない。

私につきまとった〈虚〉と皮膜一枚のところに、いったいどんな〈実〉が秘められていたのかも、私は私の日記や手紙を読み返すことで発見しなければならない。

それではこれから、あの西安から秦嶺《しんれい》山脈にわけ入り、西域北道を進んだのち南下し、タクラマカン砂漠の西を横切り、クンジュラブ峠を越えてカラコルム渓谷からかつてのガンダーラへと至る旅を振り返ることにしよう。

前略

今夜、西安に着きました。

八年振りに目にする西安の変わりようについては、また別の機会に触れるとして、名古屋空港から西安への直行便である中国西北航空公司の機内で、二十年前に、あなたに熱を込めて語った私の言葉を思い出し、それを何度も胸のなかでつぶやきました。おぼえていらっしゃいますか。そう、「少年よ、歩きだせ」という言葉です。

その言葉をあなたに口にする前に、私はこうも言ったはずです。

「二十八歳なんて、子供だよな。でも、おれたち人間が生きては死に、生きては死にを繰り返しながら、始めもなければ終わりもない宇宙の生命と混ざり合ってるんだって考えれば、百歳の老人だって少年にすぎないよ。少年よ、歩きだせ。おれは鳩摩羅什《くまらじゅう》という人のことを考えるたびに、少年よ、歩きだせって言葉を自然に胸のなかでつぶやいてしまう。おれも歩きださなきゃあ……」

強度のノイローゼで家にとじ籠もり、発狂の恐怖におびえ、癈人《はいじん》のようになっていた私は、おそらく自分を鼓舞するために、そんな言葉をあなたに熱っぽく語ったのでしょう。

それから、私は鳩摩羅什の生涯について、手短かにあなたに話して聞かせたと記憶しています。

あの日からちょうど二十年がたちました。鳩摩羅什が歩いた道を、自分もまたいつの日か必ず歩いてみせる……。

そのように心に期してから、二十年という歳月が必要だったのだと思っています。そして、今夜、二十年前の夢の実現をかって中国の都・長安《ちょうあん》と呼ばれた地に立って挑もうとしているのです。

いまから約千七百年前、西紀三五〇年に、現在の中国領新疆ウイグル自治区であるクチャという広大なオアシスの町で鳩摩羅什は生まれました。

当時は亀茲国《きじこく》と呼ばれ、羅什は、その国の王の妹と、インド人とのあいだに生を受けたのです。

羅什が没したのは西紀四〇九年。五十九年の生涯でした。ただし、羅什の生年と没年にはさまざまな説があり、三四五年に生まれたとする説や、三四七年説もあります。

しかし、まあ、その程度の誤差はたいしたことではありません。

歴史的背景を見ると、そのころの中国は五胡十六国《ごこじゅうろっこく》の時代。日本はといえば、ようやく古墳時代に達したあたりです。

羅什は、七歳で母とともに出家しました。七歳にして毎日千偈《げ》の経典を暗記したと伝えられるほどですから、いかに優れた頭脳の持主であったかを推しはかることができます。

そして、羅什は九歳のとき、ガンダーラの罽賓国《けいひんこく》へと留学の旅に出るのです。タクラマカン砂漠の西を進み、カラコルム山脈を越える険難な旅でした。

それは、彼の生涯にわたる長い長い漂泊の、内に不動の使命を抱いた旅の始まりだったといえるでしょう。少年は歩きだしたのです。

鳩摩羅什の留学については、当時の東西トルキスタン地方における文化、および亀茲国の政治的、もしくは地理的背景を知らなければなりませんし、母・耆婆《ぎば》と父・鳩摩羅《くまら》炎《えん》のことについても少ない資料を分析して、その人となりを考察しなければなりません。けれども、それもまた旅の途中で、私自身があらためて勉学し研究することでお伝えしようと思います。

ここでは、とりあえず、鳩摩羅什の生涯と成しとげた仕事の意味を簡略に書き記すだけにいたします。

九歳で罽賓国に到着した羅什は、槃頭達多《ばんずだつた》に師事し、小乗仏教を深く学んだあと、三年後に疏勒国《そろくこく》に立ち寄り、そこで須利耶蘇摩《しゅりやそま》と出会って大乗仏教の深義に目覚めます。

疏勒国は現在の新疆ウイグル自治区カシュガルであるとする説が有力でしたが、そうではなく、カシュガルから南へ約二百キロのところにある現在のヤルカンドだという説のほうが正しいようです。

三六三年、羅什は母とともに亀茲国に帰国し、持ち帰った厖大な大乗仏典を研鑽《けんさん》する日々をつづけ、たちまちのうちに、その名を中国の都にまで知られる存在となっていくのです。

三八四年、羅什の頭脳と仏教知識を得ようとした前秦《ぜんしん》の王・苻堅《ふけん》は、将軍・呂光《りよこう》に命じて亀茲国に攻め入ります。そのときの兵は七万人。

まだ三十五歳の、たったひとりの人間の頭脳を得るために、七万の兵をおこし、都から遠く離れた亀茲国を滅ぼそうとしたことには、ただ茫然《ぼうぜん》とするばかりです。

亀茲国は簡単に敗れ、国王は殺され、羅什は囚われの身となって長安へと向かうのですが、その途中、涼州《りようしゆう》の姑臧《こぞう》、現在の武威《ぶい》に入った時点で、前秦の王・苻堅は殺され、代わって姚萇《ようちよう》が政権を握り、後秦国《こうしん》を建ててしまいます。

帰る地を失なった呂光は涼州でみずからの国を作って後涼《こうりよう》国の支配者となります。羅什もまた囚われの身のまま、涼州で十六年間も留め置かれるはめになるのです。

けれども、四〇一年、姚萇の跡を継いだ後秦の王・姚興《ようこう》は後涼国に兵を送り、これを滅ぼし、五十一歳になっていた羅什を長安に招聘《しようへい》し、サンスクリット語の大乗仏典を漢語に翻訳する作業に没頭させます。

羅什が経典の翻訳の場として与えられた地は、長安城から北へ行ったところで、逍《しょう》遥園《ようえん》と名づけられ、そこには数百人の僧たちも集められて、羅什の助手として寝起きすることになります。

この逍遥園は、つまるところ、後秦の王・姚興が、父姚萇の時代からの夢であった羅什を得て建立した仏典翻訳所ということになるのです。

羅什が、この逍遥園で訳した経典は、『法華経』『大品般若経《だいぼんはんにやきよう》』『維摩経《ゆいまきよう》』『阿弥陀《あみだ》経《きよう》』『大智度論《だいちどろん》』『中論《ちゆうろん》』など三十五部二百九十四巻に及びます。他説には七十四部三百八十四巻ともいわれる厖大な量ですが、その翻訳の正確さは、もはやひとつの芸術性すら伴なって比類のない名訳とされ、やがてそれらは中国全土、朝鮮、日本へと伝播《でんぱ》していくことになります。

四〇九年、羅什は、自分は誤った翻訳を決して行わなかったという言葉を遺し、逍遥園で五十九年の生涯を終えました。

いま、夜の十一時。西安に、いつのまにこのような豪華なホテルが建ったのでしょうか。

私が初めて西安を訪れたのは一九八三年の秋で、そのとき大雁塔《だいがんとう》の近くに、この唐華《とうか》賓館《ひんかん》というホテルはありませんでした。

私は、十二年前、日本作家代表団の一員として北京から飛行機で西安に入り、そのあと列車で四川《しせん》省の成都《せいと》へ向かいました。

そのとき、私は羅什が経典を翻訳した寺に行きたいと思い、中国側にその意を伝えてありましたが、羅什の舎利塔《しゃりとう》がある草堂寺《そうどうじ》までの道のりは一日がかりだと説明され、結局、あきらめたのです。

ですが、この旅をクンジュラブ峠まで同行してくれるガイドのワンさんに訊《き》くと、草堂寺までは三十数キロで約一時間半の道のりだとのこと。きっと、十二年のあいだに、道路が整備されたのでしょう。

ああ、大切なことをあなたにお伝えしておかなければなりません。

さっき、西安に無事に到着したことを伝える電話を日本の家にかけたところ、Oさんの逝去を教えられました。きょうの昼の二時に亡くなったそうです。八十四歳でした。

作家をこころざして会社を辞めたころ、私はOさんにも鳩摩羅什のことを話したことがあります。

当時、Oさんは六十四歳でしたが、五十代前半にしか見えない、はなやぎを失なっていない女性でした。

私たち文学仲間は、年に二、三度、大阪の京橋にある喫茶店に集まって、それぞれの作品の合評会をひらいたのですが、Oさんは自由律俳句の部門では抜きん出ていました。

あるとき、私が羅什の話をすると、Oさんはしばらく物思いにひたってから、

「その人にとって、ふるさとって、いったい何やったんやろ」

と言いました。

「生涯を賭けた仕事とくらべたら、ふるさとなんて取るに足らんもんやったのか、それとも、生まれついての世界人やったのか、それとも、帰りとうても、ふるさとは滅ぼされて失《な》くなってしもてたのか……」

Oさんの句で、私が最も好きなのは〈遊女の墓　みなふるさとに背を向けて〉でした。

それでは、またシルクロードのどこかから手紙を書きます。

草々

私は世界のあちこちに行った。あちこちをうろうろして、外国というものをたくさん見て、何が何やらわからなくなって疲れてしまった。

多くの費用と時間を使って外国をほっつき歩いて、私がわかったのはたったひとつ。外国人というものは、どうもよくわからないということである。

人間はみんなおんなじだという言葉に誤りはない。いかなる民族であっても、生老病死は平等に訪れ、欲望や喜怒哀楽についても、さほど差異はない。

それなのに、地つづきの国境を越え、きのうまでとは違う国に一歩入ると、言語はともかくとして、習慣、国民性、価値観などが微妙に異なってきて、その微妙な差異は、いつのまにかしつこい刺《とげ》のように心身に忍び込み、それが思いもよらない葛藤をもたらしてくる。

つまり私は、その葛藤に疲れて、もう当分、外国を旅することはやめようと決めていたのだった。さらに、どの国にあっても人種差別は隠然と存在することへの疲弊も大きくなっていた。

にもかかわらず、きょう五月二十六日、私は中国陝西省の西安にいる。

国民性の違いによって生じる人間的葛藤に苛《いら》だってなんかいられない四十日間に及ぶ苛酷な旅に飛び込んでしまって、もうあと戻りできないのである。

今回の旅の同伴者は、北日本新聞社文化部記者の大割範孝氏、同社写真部の田中勇人氏、私の秘書の橋本剛くん、そして、私の次男である十九歳の大介の計五人。さらに、中国側のガイドとしてクンジュラブ峠までお世話になる王付明《ワンフミン》氏。

私は、これらの人たちに覚えやすい呼び名をつけた。大割氏はワリちゃん。田中氏はハヤトくん。橋本はハシくん。息子はダイ。そして王氏はフーミンちゃんという具合である。

この五人と昨夜ホテルで打ち合わせをした際、生水はいっさい飲まないこと、この国が社会主義国家であるとあらためて認識しておくこと、この国に対する批判がましいことは決して口にしないことを約束しあった。

この長い旅において最も大切なのは健康であり、我々は数日のうちに、衛生状態のいいとはいえない地へ踏み込むのであるから、とにかく火の通っていない食物と生水は厳禁としなければならない。

けれども、西安空港からホテルへの高速道路に入ったとたん、私は、私たちが恐れなければならないのは、食物や生水よりも、まず交通事故であると気づいた。

夥《おびただ》しい車と自転車と人間たちは、交通ルールなんかまったく無視して、もはや無秩序状態と化している。

一旦停止をする車はほとんどない。大型トラックがうしろから走って来ていても、自転車に乗った人々も、歩いている人々も避けようとはしない。

「オ前、アタシヲ轢《ヒ》クツモリカ。轢クナラ轢クヨロシ。アタシ、ノカナイノコトアルヨ」

すべての人が、車に対してそうつぶやいているかのようである。

私たちは、空港からホテルまでの道で、何度、悲鳴をあげたかしれない。

荷台に妻を乗せ、その妻が二人の幼児を抱いている。亭主は懸命に自転車を漕《こ》ぎ、信号が赤であろうが、左右に目もくれず交差点の真ん中に突き進んでくる。

私たちの乗ったマイクロバスの運転手は、これでもかとクラクションを鳴らしつづけるのだが、運転手もまた速度をゆるめようとはしない。

まさに間一髪のところですれちがい、私たちが言葉を失なって茫然《ぼうぜん》と顔を見合わせているというのに、自転車の一家は何事もなかったように自転車の群れのなかに消えて行き、運転手も舌打ちをして、私たちに微《かす》かに笑いかけるだけ。

そのようなことは一度や二度ではないのである。衝突しなかったのは奇跡としか言いようがないと思える瞬間は、旅を終えるまでに、おそらく百回どころではなかったであろう。

「よくもまあ事故が起こらないもんだなァ」

私が言うと、

「起コル、起コル。毎日、タクサン、死ンデマス」

フーミンちゃんは事もなげにそう答えた。

このフーミンちゃんは三十二歳。二年前に結婚して、生まれて八ヵ月の娘がいる。彼は、きょうから二十六日後、私たちが無事に中国から出国するのを見届けてからカシュガルへ引き返し、飛行機でウルムチへ向かい、そこからまた飛行機を乗り継いで杭州《こうしゅう》の妻と娘のもとへ帰ることになっている。

「私、帰ルマデニ、娘、私ノ顔忘レル。コンナニ長イ旅行、私、初メテ。シルクロードハ、クルシロードト呼バレテイマス」

けれども、したたかな熱血漢であるフーミンちゃんのある種の押しの強さといったものがなければ、私たちの旅は円滑に進まなかったと思える状況が無数にあった。

フーミンちゃんは、旅の途中、何度も言った。

「私、行カナイ。私、結婚シテ二年、子供生マレテ八ヵ月、家買ッテ二ヵ月。私、コンナ旅行、嫌イ。杭州ニ帰リタイ」

そのたびに、私はフーミンちゃんに言った。

「ここまで来て、そんなこと言うなよ。俺たちはフーミンだけが頼りなんや。今晩、ホテルに着いたら冷たいビールを奢《おご》るから」

「私、コノクソ暑イノ嫌イ。砂嵐、嫌イ。竜巻、嫌イ」

「そんなもんを好きなやつがいてるかよ。俺も嫌いや。そやけど、ここまで来たら、突き進むしかないがな」

このフーミンちゃんは、西安を発った翌々日に、点滴を受けなければならないほどの下痢にかかるはめになるのだが、それは後日に書くとして、いまは西安の街と逍遥園草堂寺でのいきさつに筆を進めることとしよう。

西安における滞在日程は三日間なのに、あまりにも多くの見学場所が予定されていて、私はそのほとんどをキャンセルせざるを得なかった。

私が知りたいのはただひとつである。五十一歳で長安に入った鳩摩羅什が、いかなる生活をおくりながら、超人的ともいえる厖大な仏典翻訳活動に邁進《まいしん》したのか……。

それ以外のものを見たり調べたりする余裕は、私たちにはないのだが、陝西省歴史博物館にだけは行かなければならない。

羅什が生きた時代に、どのような芸術や文化があったのかは、発掘されたり出土した遺物が語りかけてくるはずなのだ。

西安の気温は三十一度。かなり暑くて、街は埃《ほこり》っぽく、いたるところで屋台が店をはっている。

ギョーザ屋、ラーメン屋、日本流に言えば手打ちうどんといった感じの冷麺《れいめん》屋、火鍋屋、回族《かいぞく》の羊料理屋などが、雑然とひしめいている。

ちなみに、うどんは中国語で涼皮。火鍋は、つまるところ羊肉のシャブシャブであるが、羊肉だけでなく、どじょうや川魚を鍋で煮たりもする。

回族とは、イスラム教を信仰する民族で、西安城の南には回族の人々が住む地域があり、漢民族や我々日本人とはあきらかに異なる容貌で、西安がシルクロードの東の要所であったことを如実に示している。シルクロードは〈文明の十字路〉と呼ばれているが、そのシルクロードの、中国における十字路は西安であったのだ。

羅什と無関係なものを見ている暇はないといっても、肝心の羅什に関する遺跡は、西安には皆無に等しい。しかし、羅什に関係なくとも我々はやはりこれだけは実際に自分の目で見ておかなければならないと思い、あの途轍《とてつ》もない兵馬俑《へいばよう》に向かった。

私は、十二年前、西安を訪れたときも兵馬俑を見たが、その何千体もの兵士や軍馬の不思議なたたずまいの前で、ただ黙するしかなかった。

兵馬俑が発見されたのは、一九七四年で、地元の農民が井戸を掘っていて、偶然に姿をあらわし、二十世紀における考古学上の偉大な発見のひとつと称された。

紀元前二二一年から二〇九年にかけて造られたと推定され、総面積は二万五千三百八十平方メートル。兵馬俑坑のなかには、秦の始皇帝《しこうてい》の墓を守る陶製の近衛軍団や軍馬が、きわめて高度な芸術性をはらんで整然と並んでいる。

ひとつとして同じ容貌の兵はなく、同じ姿態の軍馬もない。兵たちの平均身長は百八十五センチで、中国にいる五十六民族がすべて揃《そろ》っている。

始皇帝は、即位すると、すぐに始皇帝陵の造営を開始したが、兵馬俑もほとんど同じ時期に造り始め、専門の職人以外に七十万人の罪人を作業に従事させ、約三十五年かけて全体を完成させたあと、それらの人々をすべて殺したと伝えられている。

天下を統一し、栄華を極めようとも、死から逃れることはできない。やがて確実に訪れる死のために、始皇帝は兵馬俑を造り、屈強な将校や八千体もの近衛軍団を陶器で模して自分の墓を守らせ、いったいどこへ行こうとしたのであろう……。

私は兵馬俑を目にするたびに、人間とは弱いものだなと思う。いかなる天下人も、みずからの死だけは意のままにはできず、死後もなお全中国から集めた精鋭軍団の陶像によって死の世界に立ち向かうと同時に、自分の財宝を盗掘から守ろうとしたのである。兵馬俑が、もっと違う目的で造られたものであったとしても、私には、権力者の死への恐怖が、平凡な庶民の死への向き合い方よりもはるかに卑屈に思えてならない。

さて、その兵馬俑であるが、写真撮影は禁止されている。カメラのフラッシュが、陶製の兵士や軍馬の保存状態に影響を与えるためであって、私もそれは当然のことと思うのだが、金を払うと撮影が許可されるのには首をかしげる。

それも、シャッターを一回押すごとに二千元（日本円で約二万円）である。係官は、写したフィルムの枚数をチェックして、誤魔化しがないかどうかを鋭い目で見張っている。

「二千元？　シャッターを一回押すごとに、二千元？　十枚撮ったら、二十万円だぜ」

カメラマンのハヤトくんは、撮影許可がおりたとき、汗をかきながら、そう言った。

「一回二千元かと思うと、指が金縛りになって、やたら汗が噴き出てくるんだよね」

ワリちゃんは、ホテルで換金した札束がぶあつすぎて、それを腹巻式の財布に無理矢理つめ込み、なんだか妊婦みたいな格好をしながら、

「シャッターの音が聞こえるたびに、お腹《なか》が寂しくなっていきますよね」

と憮然《ぶぜん》とした表情でつぶやいた。

「おい、相手の言い値どおりにしてたら、西安にいるあいだに破算するぞ。値切ろう。とことん値切ろう。とにかく中国なんだぞ。袖の下にも四千年の歴史だよ」

私がそう言うと、ワリちゃんは、いやに胸を張り、けれども自信のなさそうな目で決然と言い返した。

「西安の歴史博物館では、絶対に値切りますよ。領収書もちゃんと貰《もら》わなきゃ」

「袖の下に、領収書なんかあるかなァ」

「役人への袖の下じゃないんですよ。中国という国家への袖の下なんです。中国政府に領収書を書いてもらいます」

兵馬俑の撮影が終わると、ワリちゃんは係官にそっと代金を払おうとして人の目の届かない場所を探したが、係官は多くの見学者の前で悪びれず札束をかぞえ、領収書を書くからついてこいと言って、別棟の事務所へ歩いて行った。

「なんだか指がいつもの動き方をしなくて……」

ワリちゃんが領収書を書いてもらっているあいだ、売店でコーラを飲みながら、ハヤ

トくんは額と首の汗を拭いて、そう言った。

「指がやめとけ、やめとけ、たかが遺跡じゃないかって話しかけてくるみたいで……」

領収書を貰って帰って来たワリちゃんは言った。

「通訳のフーミンちゃんが、一枚二千円ですって言ったのに、ぼくたちには二千元に聞こえたんです。だから、一枚につき二百元を払ってきました。でも、二百元でも高いよね」


兵馬俑坑博物館から西安市内に帰る道すがら、汗みどろになってロバ車をひく人々の、黄土色の道路を行き交う姿が目についた。

ロバよりも大きく馬よりも小さいので、おそらく雑種かと思われるが、耳の形や顔つきからは、やはりロバの血のほうが濃く出ていて、荷車には煉瓦《れんが》が満載されている。車輪が道のくぼみに入ると、ロバの力だけでは動かすことができず、素足にズック靴の男が、かけ声をあげて荷車を押したり引いたりする。

ロバも男たちも全身から汗をしたたらせ、ひしめく車と自転車と人々のあいだを縫って進むのだが、その光景は私たちの世代にとってはひとつの郷愁でもある。

自転車でリヤカーをひく人々が運んでいるのは、練炭であったり、鶏であったり、野菜やヤギであったりする。その鶏やヤギと一緒に自分のおさない子供もリヤカーに乗せている。

よくもまあ落ちないものだと感心するが、おさない子供は慣れた身のこなしでリヤカーの隅に坐《すわ》っている。

その幼児たちのたたずまいも、また私たちには懐かしい時代を思い起こさせてくる。〈もはや戦後ではない〉というスローガンに似た言葉が日本人のあいだで起こり始めた昭和二十年代の後半、おさなかった私たちは、古びた三輪自動車やトラックの行き交う道に、馬車を引く男たちや、荷物と一緒にリヤカーに乗る子供たちをしょっちゅう目にしたものだ。

戦後まもないころの日本人と、一九九五年の西安からタシュクルガンへ至るシルクロードに生きる人々の表情には共通したものがあった。

髪形、日の灼《や》け方、はにかみの笑顔、服装、身のこなし、体臭、疲弊のうしろ姿、昂《こう》然《ぜん》と、けれどもふいに蹣跚《まんさん》と崩れる歩調……。

それらは生活のための労働と日々闘いつづけなければならない人々の群れ特有の気配である。

小さな露店に〈彩巻〉と書いてあった。彩巻という品物を売る店なのであるが、私には彩巻の意味がわからなかった。

中華料理に春巻というものがあるので、それに似た点心専門の露店かと考えてみたが、食べ物を調理する器具はどこにも置いていない。

俺たちの言葉の多くはこの中国から学んだのだから、〈彩巻〉の意味を自分で当ててやろうと考えて、黄砂にかすむ西安の街並にぼんやり目をやっていると、蒲団《ふとん》と鍋とわずかな食器を背負った夫婦が、うしろを振り返って、歩調の遅い二人の幼児を叱った。

どう見ても流浪の一家としか思えなかったので、私はフーミンちゃんに、あの一家はいかなる境遇だと思うかと訊いた。

いなかから職を求めて着のみ着のままで西安に辿《たど》り着いたのであろうとフーミンちゃんは答えた。

夫婦と二人の幼児は、いったい何日体を洗っていないのかと思える皮膚の色で、四人の靴はみな破れている。

「この国では、国民すべてが公務員てことになるんだろう？　それなのに、いなかから職を求めて、あてもなく着のみ着のままで西安にやってくる一家もいるんだなァ」

「仕事ハ、ミツカラナイネ」

「じゃあ、あの一家はどうなるの？」

「泥棒デモスルシカナイヨ」

「共産主義は、あの夫婦に職を与えないのか？」

私のかすかな皮肉に、フーミンちゃんは、西安から天水《てんすい》への秦嶺山脈沿いの村々には、家中の現金が三十元もないという一家がたくさんあると答えた。

流浪の一家は、黄色い砂埃の舞う大通りへと消えていったが、そこにも〈彩巻〉を売る露店があった。

私は、彩巻とは何かとフーミンちゃんに訊いた。

「カラーフィルムノコト」

私は漢字の国に舌を巻く。なるほど、カラーフィルムは彩りを巻いてあるんだ。なんと絶妙な漢字化であることか……。

「じゃあ、スケベーは？」

「好色」

「わかりやすいなァ」


私たちはいったんホテルに戻り、近くのレストランで昼食をとったが、外国人相手のヴァイキング料理で、中華料理の姿をしただけの奇妙な味ばかりである。

「かつての都・長安に来て、なんでこんな国籍不明の料理を食べなきゃいかんのかなァ」

ハヤトくんが憮然として言った。

「西安は、ギョーザのふるさとなんですよ。たしかこの近くに二百何十種類のギョーザを出す店があるってガイドブックに書いてあったんですけど」

とワリちゃんは国籍不明のヴァイキング料理をたらふく食ったあと言った。

「この地方は米ができないから、主食は麦。だから、ラーメンのふるさとでもあるんだ。ああ、ラーメンとギョーザが食いたい」

私はそう言って、今夜はそのギョーザ専門店に行こうとフーミンちゃんに要求した。

彼は、他の店での夕食を予定していたらしく、少し考え込んだが、

「ギョーザノ店、予約シマス」

と言い、自分の住む杭州では麺を食べる習慣がないのだと説明した。

「私、麺嫌イ」

「きみの好き嫌いを訊いてるんじゃないの」

「コレカラ先、ズット、麺バッカリ。麺、麺、麺。私、トテモツライ」

昼食を済ませて通りへ出ると、プラタナスの並木に交じって、槐《えんじゅ》というアカシアの一種の樹木がつづき、ところどころで石榴《ざくろ》の花が咲いている。

行き交う車と人々とロバとリヤカーの群れが、幾重にもなって動く地表のように見える。

鳩摩羅什が生きた時代よりもさらに約千年の昔、紀元前五五一年に生まれて四七九年

に没した中国の思想家・孔子《こうし》は〈いまだ生を知らず、いずくんぞ死を知らん〉という有名な言葉を遺《のこ》している。

西安の歴史博物館にいるあいだ、私はこの孔子の言葉を思い浮かべ、生を死に、死を生に置き換えて〈いまだ死を知らず、いずくんぞ生を知らん〉と胸の内でつぶやいてみた。

この孔子のそれに生と死を置き換えた言葉は、長い旅の途中、私のなかでしきりに繰り返された。

死というものの正体を知らないかぎり、ついに生の真実をもつかめないのではないかと思いつづけているからである。

なぜ西安の歴史博物館でそのような言葉を思いついたのか、私自身、よくわからない。精神文明は衰え、科学文明だけが一人立ちして走り廻《まわ》っている現代社会から古代を偲《しの》び、その遺物の群れのなかでたたずんでいたからかもしれない。

羅什が生きた時代の遺物だけを見ても、そのほぼ完成された芸術性の高さを思い知らされる。抽象と具象の融合は、すでにあの時代の芸術家たちの掌中にあった。

三八六年から五三四年にかけて存在した北魏《ほくぎ》という国のものとされる陶羊の形、もしくは立俑《りつよう》の表情、騎馬打鼓俑の色彩などは、千六百年も昔の芸術家が、稚気と邪気を自在に使いこなして、芸術という観念から超越していたことを我々に教えている。

創造する力、もしくは表現の技術、あるいはそれをつかさどる精神性は、すでに何千年も前に人間が行きつくところへ行きついてしまっていたのである。

このことは、世界の主要な美術館や博物館に足を運ぶたびに、いやというほど思い知らされてきた。

パリのルーブル美術館、アテネの国立考古学博物館、レニングラード（現サンクトペテルブルク）のエルミタージュ美術館等々……。

そのつど私は、人間というものが何千年も昔に、退廃の極致をも知ってしまっていたことを痛感する。現代の退廃などは過去の模倣の初歩的段階にすぎないのだと……。

けれども、あらゆる精神文明も、死の正体を明かしてはいないのである。明かしたものがあったとしても、我々がそれを掘り起こせないでいる。我々は死を知らない。そのような者たちがどうして生を知ることができよう。

ハヤトくんが撮影の準備を完了し、ワリちゃんが博物館の責任者と交渉しているあいだ、私は休憩室でお茶を飲んだ。そこは売店になっていて、お茶は無料である。壁ぎわに並べられた長椅子の上で、何人かの男たちが寝ている。どう見ても、博物館の職員とは思えないが、見学者にも見えない。まさか、ただの茶を飲み、涼しくて静かなところで昼寝できるのなら、博物館の入場料は安いときめこんで、そのために訪れたのではあるまいが、彼等《かれら》の周りからは汗と埃の匂いが漂っている。

交渉が長びいたのは、責任者を見つけるのに時間がかかったのと、撮影の料金をワリちゃんが値切りに値切ったからである。

「一枚五百元ネ」

「そこをなんとか百元で」

「トンデモナイコトアルネ」

「じゃあ二百元。我々は貴国の優れた文化を紹介するために来たのですが、予算が少ないので」

「文化ニハ、金ガイルヨ」

「もちろんそうですとも。愛にだって金が要りますからね」

「三百元デドウカ」

「もうひと声、二百五十元にしてちょうだい」

「アナタ、ネバルコトアルナ」

そんなやりとりを想像しながら、私は無料のお茶を五杯も飲み、立ちあがって、三〇〇年代から五〇〇年代あたりの遺物を観《み》て歩いた。

漢民族と、西域の少数民族の容貌の違いは、出土品によって鮮明である。漢民族は、目が細く一重瞼《ひとえまぶた》で鼻が丸い。少数民族、とりわけ、私たちがこれから出会うことになる西域の人々は、二重瞼《ふたえまぶた》で鼻が高い。

鳩摩羅什は、どのような顔立ちであったのか。父・鳩摩羅炎はインドの人で、母・耆婆は西域の人だから、アーリア系とトルコ系に似た民族の混血ということになる。漢民族とはまったく異なる容貌であったことだけは確かなのだ。

東方世界に大乗仏典を伝えようとした羅什は、自分の国の言葉とは異なる二つの外国語に精通しなければならなかった。

一つはサンスクリット語、もう一つは漢語である。これがいかに至難なことであったかは、我々が自分の身に置き換えてみればよく分かる。

もし、日本人である私がアフリカの文学をフランスに紹介しようとすれば、スワヒリ語、あるいはなんとか語を学び、さらにフランス語をも修得しなければならない。

高校生のとき、国語の試験は最高六十三点で、英語は七十二点だった私には到底無理な芸当ということになる。

私は少数民族の小さな人形を見つめ、砂漠に生まれ砂漠に死んでいった人々を思うきょう、この地球上では何人の人が生まれ、何人が死んでいるのであろう。

羅什が東方に伝えようとしたもののなかには、死とは何か、生とは何かについての暗号が隠されていたのではあるまいか。架空の死後の底に真実の死を沈めた暗号……。

それは、生というものへの賛嘆の極致であったとは言えないのか。

〈いまだ死を知らず、いずくんぞ生を知らん〉

私はそうつぶやき、静かな博物館で、今夜食べるであろう西安のギョーザの味を想像する。

「高いなァ、もっと値切れんのか。金を取ったうえに、この暗さで、フラッシュなしで撮れっちゅうのか。もっと値切れよ」

交渉成立後、ハヤトくんは何やかやと文句を言いながらシャッターを押しつづけた。

「これでも値切れるだけ値切ったんですよ」

とワリちゃんがささやいた。


翌日の五月二十七日、私たちはこの旅の最初の目的地ともいえる草堂寺へ行った。

西安は薄暗がりで、市街地から郊外へと進むうちに、煉瓦造りの農家が増えてくる。小麦畑が延々とつづき、あちこちに煉瓦工場と煉瓦を焼くための大きな窯が見える。あと約二週間で小麦の収穫が始まるらしい。石榴の花の色が鮮やかで、柿の木が農家の狭い庭で枝を伸ばしている。柿もまたシルクロードを経てイランから中国へ伝わってきたのである。

草堂寺が最初の目的地だとはいっても、私自身は、さほどの期待を抱いてはいない。そこに鳩摩羅什に関する一級の資料が残されているという話は聞いたこともないし、草堂寺を拠点として、羅什や学僧たちが大乗仏典の翻訳をおこなったというのは、いまや誤説となっている。

当時の国王・姚興は、五十一歳に達していた羅什を長安に迎えると、長安城の北、逍遥園のなかに仏典翻訳所を設置した。

しかし、草堂寺が長安城の西南三十数キロのところに建立されたのは、羅什の没後約四百八十年、唐代の末期である。

おそらく後世の人が、羅什の業績を顕彰するために草堂寺を建て、そこに羅什の舎利塔を置いたのであろう。

では逍遥園はどこにあったのか。元の李好文《りこうぶん》の『城南名勝古跡図』によれば、羅什訳経処は渭水《いすい》（黄河《こうが》の支流）・潏水《けつすい》の南岸としているし、清の楊守敬《ようしゆけい》は『後秦疆域図《こうしんきょういきず》』で長安の西、渭水の南岸に逍遥園の存在を示している。

それならば、なにもわざわざ時間をかけて草堂寺へ行く必要はないのだが、現在の住職と話ができれば、知られざる資料、もしくは秘話に近いことを得るかもしれない。

さらには、舎利塔に、羅什の本物の遺骨があるなら、私はそこにたたずんで、私なりに羅什に語りかけることもできる。

行かないよりも行ったほうがいい。行けば、何かを得られるであろう。そんな思いで、私はマイクロバスに揺られ、のどかな農村で遊ぶ子供たちに見入った。

草堂寺は、決して有名な観光寺ではないのだが、それでも門前にはおみやげ屋や食べ物屋が幾つか並んでいた。

門を入って、本堂の横にある舎利塔へ行くと、「逍遥園大草堂寺楼禅寺宗派図」と刻まれた古い石碑が建っていた。鳩摩羅什の名が最初にあり、その下に夥しい数の人間の名が刻まれている。

なんだか家系図のようで、私は、ひょっとしてと気持がたかぶってしまった。

なぜなら羅什は、亀茲国が滅ぼされたあと、囚われの身となったが、そのとき僧侶としての戒律を破ったとされている。亀茲国の王女と一室に閉じ込められ、婬戒《いんかい》を犯すことを強要されて、それに屈したと伝えられている。

涼州（現在の武威）における十六年間の生活がいかなるものであったのかは謎であるが、酒を飲み、多くの女性と交わる破戒の日々もあったという説が有力なのだ。

さらには、五十一歳で長安に入城してからも、姚興から妓女《ぎじょ》十人を提供されていたとする説もある。

その優れた頭脳を羅什一代で終わらせたくなかった姚興が、羅什の血を後世に伝えようとしたのだとする人もいる。

「これが羅什の子孫の名前やとしたら、それにしてもぎょうさん子供を作ったもんやなア」

私は溜息《ためいき》をついて石碑に見入ったが、説明を聞くと、それらは羅什とともに仏典翻訳に従事した弟子の名前だという。

「小説家というやつは、どうにも俗っぽく物事を推測するようですな」

私は、照れ臭くて、ワリちゃんにそう言った。

「でも、羅什の子孫がいることはまず確実なんですよ。その人たちは、いまどうなってるんでしょうねェ」

とワリちゃんは言った。

住職と逢《あ》って話ができることになったので、私たちは小さなお堂の並ぶ境内に向かった。

暗くて壁に書かれた字も読めないほどの、湿気臭いお堂で待っていると小柄で痩身の住職がやって来て、私たちにお茶とお菓子を出してくれた。

私は初対面の挨拶をして、羅什に関する質問を始めた。

「羅什は、逍遥園のどこに住んでいたのでしょう。この草堂寺ではありませんね」

「西明閣《さいみようかく》である」

「西明閣はどこにあったのですか?」

まあそれはこの住職に訊かなくても、調べればわかることだと思い、私は質問を変えた。

「………」

「これほどの大仕事を為し遂げた羅什の名が、いつのまにか中国仏教界から消えたも同然になっていったのはなぜなのですか？」

「消えていない。大乗仏教がすたれ、小乗仏教が盛り返した時代があったが、羅什の名は消えていない」

「羅什は破戒したということですが、彼の子孫は……」

「羅什は破戒していない。その証拠に、羅什が針を飲むと、毛穴から針が出て来た。それは破戒していないからである」

「羅什は、長安の時代、どんなものを食べていたんでしょうか」

「精進料理である」

「お忙しいところ、私たちのためにお時間を作っていただいてありがとうございました」

私は虚しくなって暗いお堂から出ると、ワリちゃんに訊いた。

「会見料は幾ら払ったの？」

「逍遥園である」

「二百元です」

「返してもらってこいよ。なにが精進料理や。ふざけやがって。飲んだ針が毛穴から出て来たからって、女と寝なかった証拠になるのか？　そんな話、初めて聞いたで。あの住職が自分で勝手にでっちあげたんやないのか」

日に灼けた逞《たくま》しい体つきの若い僧侶が、境内の近くの畑でこやしをまいていた。

第二章

麦の道

鳳県の橋

五月二十八日の朝九時、うすぐもりの西安《せいあん》を出発した。天水《てんすい》めざして、

最初の予定では西安から天水までは約三百四十キロということだったが、マイクロバスに乗り込む前に、フーミンちゃんは、天水に到着するのは夜の十時を廻るかもしれないと言う。

いかなる道かは知らないが、三百キロ強の行程で、なぜ十三時間も要するのか理解に苦しむところである。

説明を求めると、天水までの道は三つあり、そのうちの二つは道路事情が悪く、一部通行不能という情報が入ったので、最も南側の道で行くしかなくなったということであった。

運転手も、その道は初めてなので、いったい何キロの道のりなのか見当がつかない。地図で推しはかるかぎり、約五百キロで、秦嶺《しんれい》山脈の山あいの曲がりくねった道が大半を占めていて、少なくとも十三時間は覚悟しなければならないと予測したのだった。

「まあ、のんびり行こうぜ」

一日とて変更のきかない旅ではあったが、長い長い道中であくせくしたって仕方がな

いではないか。

私はそう思って、マイクロバスに乗った。天水までの道の長さよりも、昨夜からの腹痛のほうが心配だったのである。

おとといの夜は、ギョーザの専門店で、さまざまな形や風味のギョーザを食べたが、最後に出てきた〈真珠のギョーザ〉という代物が、なんとなく曲者《くせもの》といった感じがしたのである。

それは直径一センチほどの丸いギョーザなのだが、鶏やニンニクや、その他正体不明の香辛料で煮込んだスープに入れて食べる。

問題はそのスープ。とりわけニンニクに危険な匂いを感じたのだった。

そのニンニクも小粒だが、辛さは強烈で、私はかつてタイのバンコクで同じようなニンニクを三粒食べて、重いボディーブローに音をあげたことがある。

私たち日本人にはあまりにも刺激が強すぎて、胃壁や腸壁がただれてしまうという強《つわ》者《もの》なのだ。

あのニンニクのボディーブローがきいてきたのが第一の原因だとしても、第二の原因は、きのう草堂寺の門前で食べた〈涼皮〉であることは明々白々である。

涼皮、つまりうどんなのだが、日本のそれと大きく異なるのは、麺をゆがかないということにある。

この一点こそが最重要事で、生死のわかれめにも匹敵する。

屋台でおばさんが麺を打っていて、なんだかうまそうなので食べてみることにした。おばさんは、打ったばかりの涼皮を皿に盛り、唐辛子と酢と味噌《みそ》で作ったたれをかけた。

「これ、どこでゆでるの？」

と私は食べながら訊いた。おばさんは、きょとんとして困ったように首をかしげた。ラーメンはゆでるが、涼皮はゆでないとわかったとき、涼皮はすでに私たちの胃に納まっていた。

草堂寺の門前の屋台だけでなく、中国中の涼皮屋を探しても、小麦粉をミネラル・ウォーター、もしくは煮沸殺菌した水で練るはずはあるまい。

涼皮を食べるということは、すなわち生水を飲むのと同じなのである。

私はきのう草堂寺からホテルに戻ると、日本から持ってきた抗生物質を服《の》んだが、ニンニクのボディーブローで弱っていた胃腸を救済するには至らなかったようだった。

それは私だけではなかった。ワリちゃんもハヤトくんも、ハシくんもダイも、お腹の調子がかなり悪い。

しかし、この旅において下痢は覚悟のうえなのだ。いざ行かん、天水へ。羅什《らじゅう》がラクダかロバか馬に乗って長安へと入った道を、我等は逆に辿るのだ。

西安市内でミネラル・ウォーターを買い、車は西へと走りだした。

一時間後、私たちは渭水《いすい》のほとりに立った。往古から、西域に旅立つ者は渭水で柳の枝を折り、それを振って別れの儀式をしたという。渭水を西に渡れば、西域への旅が始まるのだった。

「大雁塔《だいがんとう》にのぼったけど、渭水は見えなかったなァ」

と私はハシくんを横目で見やって言った。大雁塔のてっぺんから渭水を見るために、ただそれだけのために、私は双眼鏡を持ってきたのだが、ハシくんがそれをホテルに置き忘れたものだから、何の役にもたたなかったのだった。

ハシくんは、しきりに謝ってくれるのだが、私はなんとなく機嫌が悪い。それは双眼鏡のせいだけでなく、目前を流れる渭水に何の趣もなかったからであった。

これが渭水なのか……。異域へ命を賭して旅立つ者たちが、親や妻や子や恋人と別れの儀式をしたという黄河の支流が、こんなにひからびてよごれた川に変わってしまったのか……。

「こんな渭水、見たくもない。もう行こう」

私は車に乗り込んで、そう言った。

「柳の枝、どうします？　ぼくたちも儀式をしたいなァ。でも柳の木がない……」

ワリちゃんはお腹をさすりながら言った。

渭水を渡ると、麦畑がひろがった。車は高速道路に入った。興平市《こうへいし》までは高速道路が通じている。

フーミンちゃんは、中国における〈市〉と〈県〉について説明してくれた。県よりも市のほうが大きいのだった。たとえば、日本では富山県魚津市《うおづし》であるが、中国では富山市魚津県ということになる。

私たちはこれから興平市に入り、興平市武功県《ぶこうけん》を抜けて眉県《びけん》を通り、宝鶏市《ほうけいし》で昼食を取る予定になっている。

「このとんでもない広さの麦畑……。地平線の彼方《かなた》まで麦畑やぜ」

私は広大さに感嘆の声をあげたが、その程度の広大さごときは序の口にすぎなかったのである。

高速道路といっても、せいぜい三十分も走らないうちに〈この先工事中〉という意味の立て看板があって、そこで車はいなか道へと降りた。

ニンニクを積んだリヤカーが、灌漑《かんがい》用水から溢《あふ》れた水によってぬかるむ道で難儀している。私たちのマイクロバスも、ぬかるんだ道を注意深く進むが、通りがかりの人の忠告でUターンし、さらに遠廻りの道を選ぶことになった。

ぬかるみの道は長く、その先でも道路工事をやっていて、車は無理だと村の住人が教えてくれたらしかった。

灰色の煉瓦を積みあげて作った農家の壁にも、何かの工場とおぼしき建物にも、ペンキの太い字で、国家のスローガンが書かれている。

——社会主義の道は生活向上への道。

——生産にはげむことは生活にはげむのと同じである。

——家族計画は国家のための計画。

——社会主義の発展は、農業の発展にかかっている。

このようなスローガンのない建物を探すほうが難しいほどで、それは西安市内においても同じであった。

「家族計画か。子供は一人しか生んではいけないっていう中国の政策は、まだまだつづくのかな」

私の問いに、フーミンちゃんは、おそらく当分はつづくであろうと答えた。

しかし、農民は、最初の子供が女であった場合は、もうひとり生んでもいいことになっていて、少数民族には二人の子を生むことが許されているという。

「中国のほとんどの子供が一人っ子か。俺も一人っ子やから、一人っ子のわがままさってのがよくわかるよ。もう十年たったら、中国はわがまま民族になるぞ。わがままに育てられた連中ばかりでこの巨大な国を動かしていくのかと思うと、これはかなり恐ろしい話だよ」

「気ニイラナイコトアルト、駄々コネル国ニナルネ」

「中国が駄々をこねて、自分のやり方を押し通しつづけたら、これは恐ろしいことになりまっせ」

「私モ、ソウ思ウネ」


ポプラ並木に挟まれた長い長いアスファルト道の上には、刈り取られた麦の穂が並べられていた。行き交う車は平気でそれを轢いていく。農民たちは、車に轢かせるために麦の穂を道いっぱいに整然と並べているのである。つまり、車のタイヤに脱穀作業をさせているのだ。

午前十一時半、興平市武功県に入り、十二時過ぎに眉県に入った。スローガンは消えることがなく、煉瓦造りの家以外は、どれも画一的なコンクリートの建物ばかりで、それぞれの町の個性といったものは皆無に等しい。

このような町の姿は、中国の国境を越えるまで変わることはなかった。

だから、私たちは、自分たちが通過した町のたたずまいを思い出せない。その町だけが持つたたずまいは見事に姿を消している。姿を消したと同時に、町造りに際して、その町固有のたたずまいを無視したのか、そこまでの余裕を持ち合わせなかったのかのどちらかなのであろう。

毛沢東《もうたくとう》ひきいる解放軍が新しい中国を建設するにあたって、まず社会主義という巨大なブルドーザーで既存の思想や歴史や価値観をなぎ倒し、何もなくなった広野にコンクリートの画一的な、雨風をしのげて住めるだけの建物を作った。そして、その何の興趣もない建物のあらゆるところにスローガンを書きなぐった……。私にはそのように思えてならなかった。

井上靖《いのうえやすし》氏の『孔子』（新潮文庫刊）に次のような部分がある。

〈子は、人間はこの地球上に生れて来たからには、いかに世が乱れようと、最低限の倖せ、〃やはり、この世に生れて来ただけのことはあった。生れて来てよかった！〃――そういうぎりぎりの倖せだけは、確保しなければならぬ、そういうことを、一再ならず仰言《おつしや》っておられました。

蔫薑は、それを、その子のお詞《ことば》を、よく憶《おぼ》えております。いま、その子のお詞を、蔫薑流に言い替えさせて頂くと、

――〃ああ、わが郷里の村にも、いま燈火が入った〃という静かな思いだけは、この地球上の人間から奪《と》り上げてはならぬ。

こういうことになります。更に、これを、もう一度、他の詞に置き替えさせて頂くと、

――いかに世が乱れに乱れようと、人間から、故里というものだけは、奪《と》り上げてはならない。若《も》し奪り上げてしまったら、当然、替りのものを返さなければならぬ。それが政治というものである。

子は、このようにお考えであったに違いありません。〉

私は、天水、蘭州《らんしゅう》、武威《ぶい》、酒泉《しゅせん》と旅をつづけるごとに、幾度となく、この井上靖氏の『孔子』の文章を思い浮かべた。

社会主義による大改革。それにつづく文化大革命。いったいそれは何であったのか。日本人の私が軽はずみに分析することではないし、それについての私の考え方もまた、軽はずみに文章にすることは避けたほうがいい。中国には中国の事情がある。途方もなく広大な土地に十二億もの国民が生きている。

にもかかわらず、私はひとつの町に辿り着くたびに、一九八三年の秋、日本作家代表団の一員として、北京の人民大会堂で、当時の副主席と懇談したとき、その人が身を震わせて言った言葉を思い出したのだった。

「国民の食べる物と着る物を自分たちだけの力でまかなえなくて何が社会主義か！」

宝鶏市は大きな町であった。二時前に、昼食をとるため、大衆食堂の前で車を停《と》めた。

ワリちゃんもハヤトくんも、ハシくんもダイも、青い顔をして無言で道の向こう側の公衆便所に走ったが、ついに目的を果たせずに戻って来た。あまりにも汚くて、三十秒もそこにいられなかったのだった。

ほかにも食堂はあったのだが、その店がまだましだとフーミンちゃんは思ったらしい。食堂は一家で営まれていて、主人、細君、そのどちらかの兄弟、そして子供が、驚き顔で私たちを見つめた。日本人が客として訪れたのは初めてだという。

町の気温は三十三度で、店内は暑く、蠅《はえ》が飛び廻り、天井から蠅取り紙がぶらさがっているが、そこには夥しい蠅がくっついて、濡《ぬ》れたコンクリートの床にも、死んだ蠅が落ちている。

フーミンちゃんは、この店には冷えたビールがあると言った。こんないなかの町で、冷えたビールを出す店は、きっとここだけであろう、と。

「飲ミマスカ?」

「うん、飲もう。水よりも絶対に安全だよな」

洗った食器がテーブルに並べられたが、それらには水気を拭いた形跡がなく、碗や皿の底には水が溜《た》まっている。

「この水、やばいぞ」

とハヤトくんが言った。みんなは食堂の一家に見られないようにして、床に水を捨て、ティッシュで拭いた。

「お腹、痛いの？」

私は、みんなに訊いた。程度の差はあったが、みんなは溜息混じりにうなずいた。私の秘書のハシくんと息子のダイが重症のようで、私がいまのところはもっとも軽症らしい。

「やっぱり、草堂寺の門前の涼皮やな」

私はビールをグラスにつがず、ラッパ飲みしながら言った。フーミンちゃんは、食堂の主人と相談して、何種類かの料理を注文した。

「俺、二口でやめたのに……」

とダイが言った。

「ぼくなんか、一口食べて、これはやばいと思って、それ以上食べなかったんですけど……」

ハシくんは片方の手で腹を撫《な》でながら、もう片方の手で蠅を追い、元気のない声でつぶやいた。

細君の弟だという青年が、赤い実と氷砂糖を茶碗に入れ、そこに沸騰した湯を注いだ。茶の葉、クコの実、松の実、その他にも何だかわからない実が入っている。湯を注いで蓋をし、五分ほど待つと、主に蘭州あたりの人々が常飲するという薬茶ができあがった。

このあたりでは、よほど経済的に余裕のある人以外は口にできない代物なのである。

「俺、このお茶だけでいい……」

とダイは言ったが、この町を出ると、天水に着くまで食事をとることはできない。天水には夜の十時より早く着くことはできそうにないのだった。

ニラ玉いため。ナスビの唐辛子いため。酢の入ったぴり辛ラーメン。フーミンちゃんが特別に注文した玉子入りのチャーハン……。

「うまそうですけど、いまのぼくには黴菌《ばいきん》のかたまりに見えますよ」

とワリちゃんは言ったくせに、食べ始めると旺盛な食欲を見せた。

「火を通してあるから、絶対に大丈夫」

私の言葉で、みんなは恐る恐る箸をつけた。

うまい。じつにうまいのである。ただ、使ってある油に癖がある。菜種油なのだが、いやにこってりしている。

「植物油やけど、この油がやばそう。水が替わり油が替わったんやから、少々の下痢はしょうがないな。とにかく、食わないと体がもたん」

私はナスビの唐辛子いためをチャーハンの上に載せてかき込んだ。お茶だけでいいと言ったのに、ダイは欠食児童みたいにむさぼり食っている。

ダイが生まれたとき、私は二十八歳で、先のあてもなく『螢川《ほたるがわ》』を書いていたのである。小説とはどうやって書くのか、それすらわからないまま、懸命に書いていたことを思いだす。

赤ん坊のダイが泣くと、私は妻を怒鳴った。そのたびに、妻はダイを抱いて家の外に出たものだった。

二十年後、大学二年生になったダイと、中国の秦嶺山脈に近い町の大衆食堂でチャーハンを食べている……。

扇風機の生温かい風と無数の蝿の羽音のなかで、私は不思議な幸福感にひたった。

「ダイ、お前、高校生のとき、三回、無期停学になったな」

「そのたびに、毎日、反省文を書かされて、それを先生が読みに来よったな。合計四十二回、反省文を書いた」

「煙草《たばこ》を吸ったくらいで、毎日毎日反省なんかしてられんよな」

私はそう言って笑った。

ワリちゃんも笑った。ダイは真顔で言った。

「俺、反省文の書き方って本を出そうかな」

宝鶏市を出てしばらく行くと、曲がりくねった渓谷の道に入った。低い尾根が道の両側につづいた。

川では、一組の親子が水遊びをしていた。川の水は澄んでいて、近くで鶏が放し飼いにされている。畑の土は、次第に赤味をおびた黄色に変わり、それと同じ色の瓦屋根の農家が増えていった。

　私たちのマイクロバスは、何度も放し飼いの牛の親子に道をふさがれた。道はゆるやかにのぼり始め、麦の段々畑が金色に光り、小さな村落は、土の壁に刈った麦の穂を吊《つ》るしていて、日本の農村を旅しているような錯覚にかられる。

　養蜂業の一家が、蜂の巣箱を何十箱もテントの周りに並べ、蜂たちはその近くを群れ飛んでいる。

　テントのなかには、幾つもの木箱の上に板を載せてベッドが作られ、毛布と炊事道具が並べられ、洗濯物を干すロープが木と木のあいだに張られている。

　この人たちは中国の南に住んでいて、花を求めて移動するのだという。

「花なんてどこにある？」

　気がつくと、山には麦の段々畑しかなく、それは私たちの行手に無限にひろがり始めているのだった。しかも、どこを探しても、川どころか水溜まりすらなく、黄色い土は至るところひび割れていた。

　ひとつの尾根を越え、また次の尾根を越え、谷あいの村を通過し、尾根を越え……。

行けども行けども秦嶺山脈はつづいた。

風はなく、日差しは強いが、標高が高くなっているせいか、さほど暑さは感じない。

どのくらい尾根と谷を越えたかわからなくなったころ、静まりかえった村に入った。

黄色い土壁と瓦屋根の農家には、ニンニクやトウモロコシが干してあり、洗剤で洗ったことは一度もないのではないかと思えるほどに黄ばんだ下着が紐《ひも》に吊るされ、その下で女の子がひとり遊んでいる。

木の枝で庭の土に何かを描き、ひとりごとを言いながら、ときどき洗濯物を見あげる。そしてまたしゃがみ込み、土に何かを描く。

村には、女の子以外、人の気配はない。

私は車の窓から振り返って、その七、八歳の女の子を見つめた。女の子は、洗濯物と話をしていたのだった。

誰もいない村の日盛りのなかで、洗濯物と会話をする少女……。

世界で、いやそれどころか北京で何が起こっているのか、この村の人々には関係ない。この村で生まれ、この村で育ち、この村で死んでいく……。

父も母も、毎日毎日、畑を耕やし、遠くの川に水を汲《く》みに行く。少女はひとりで遊ぶ。働ける年頃になると、畑を耕やし、天秤棒《てんびんぼう》をかついで、何度も急な尾根を登り降りする。そこに何の不思議もない。祖父も祖母も、その祖父も祖母もそうしてきたのだ……。

私は、北京大学で日本語を学び、中日友好協会で働いている友人の話を思い浮かべた。

彼は私とほぼ同年齢で、広東《カントン》省の奥地の農村で生まれた。彼の故里に行くには、北京から列車で三日かかって、広東省のどこかの駅で降り、バスで二日揺られてどこかの村で降り、そこから歩いて二日かかるという。

「テルチャン、ボクノフルサトニ遊ビニ来テヨ。チョット、遠イケド」

「遠すぎるがな。子供のとき、友だちは猿だけやったってのは本当なんやな」

「人間ノ子供モ、イルコトハイタネ」

ある日、徒歩で片道三時間のところにある小学校から帰って来ると、道がなくなっていたのだという。

「雨デ流レタヨ」

「それでどうしたの?」

「仕方ナイカラ、ソコデ寝テタラ、父ガ迎エニ来テクレタ」

道と一緒に流されなくてよかったと、お父さんは事もなげに言ったそうである。

ただ友だちと遊びたいために、往復六時間の山道を歩いて小学校にかよったとその友人は言った。

「ネェ、遊ビニ来テヨ。ボクノフルサトへ」

「遠すぎるっちゅうねん」

「自然ばっかりでもなァ」

「自然ガイッパイ」

「猿モイルヨ」

「猿はどうも苦手なんや……」


秦嶺山脈のなかの村々を通り過ぎるごとに、私は彼の話が決して誇張ではなかったことを思い知ったのだった。

貧しい水量の川を渡ると、いったん麦畑は姿を消し、峠への急な曲がり道に入った。山の麓《ふもと》には、山肌に穴を掘った住居群が見える。

標高二千メートルほどの峠を越え、しばらく行くと、眼下の渓谷に鉄道の駅があり、そこに二十両近い客車がつながる列車が停まっていたが、私たちのマイクロバスは、そこから先に進めなかった。工事中で通行止めになっている。

道路工事の作業員のほとんどは近辺の村人だった。おそらく、村人たちにとっては、その慣れない作業は、現金収入を得る唯一の機会であるにちがいない。

大きなドラム缶のなかでコールタールが煮えたぎり、それを村人が天秤棒で運んでいる。

「三時間ほど通行止めらしいです」

ワリちゃんが溜息をついて言った。

「三時間！　今日中に天水に着けないなァ」

「だって、まだ陝西省《せんせい》から出てないんですよ。甘粛省《かんしゅく》に入るには、まだ三時間かかるって」

うしろから来たトラックに乗っていた人たちは、車体が作る影のところに腰を降ろし、とりたてて苛立つ様子もなく、工事が終わるのを待つ態勢を整え始めた。

私は、道がなくなって帰れなくなった少年を思い、眼下の渓谷の駅と列車を見おろし、地面に膝を立てて坐ると煙草を吸った。

「わけいってもわけいっても青い山」

私は山頭火《さんとうか》の句を口ずさんだ。

「みごもって　よろめいて　こおろぎかよ」

まだあるぞ。

「雨ふる　ふるさとははだしであるく」

私の声を聞きつけて、

「雨以外に頼る水はないんでしょうね」

とワリちゃんが言った。

「天の水以外ない。それで天水っていうのかな」

「でも、まだここは、天水じゃないんですよね。今日中に着けないとなると、晩飯はどうします？」

「どこかの農家で湯をもらって、インスタント・ラーメンを食おう」

「あっ、その手がありますね」

「ベトナムにこんな格言があるよ。――毒蛇は急がない」

「ぼくたちには毒がないから……」

「やっぱり急ぎたいよなァ」

だが二十分ほどたったころ、運転手が走って戻って来た。もう通ってもいいという。

「三時間のはずやろ？」

「急ぐ工事じゃないから、作業はしばらく休むらしいです。だから通っていいって」

工事の責任者の気が変わらないうちにと、私たちの車は工事現場を走り過ぎた。

作業員のひとりが何かつぶやきながら、私を見て小さく手を振った。

「毒蛇は急がない」

とつぶやいているような無機質な、笑いのない目であった。

また麦の段々畑がつづき、また小さな村落を通り過ぎ、また青い山に入り、そうしているうちに、首をかしげてしまう風景が幾つもあった。

どこかの村には、赤い十字架を屋根に立てている建物があり、別の村落には、白い帽子をかぶった回族の人々がいて、家の壁にはアラビア文字が書かれてあったりした。

「ねェ、さっきの、キリスト教の教会だったよね。中国の秦嶺山脈のなかの村にキリスト教徒がいるんだ。まさか、隠れ切支丹《きりしたん》てことはないよな」

私はいつもの思考能力の半分も使う気力を失くしたまま、ワリちゃんにそう言った。

「隠れ切支丹ですか……」

それっきり、ワリちゃんの言葉はなく、しばらくして、

「シルクロードが、こんなにとんでもない山の道から始まるなんて思いませんでしたよ」

と言った。

「いつまでつづくぬかるみぞって言葉があるけど、まったく、いつまでつづく山道ぞだよな」

私がそう言うと、助手席に坐って窓から上半身を突き出し、ひたすらカメラのシャッターを押しつづけていたハヤトくんが地図を見つめ、

「そろそろ甘粛省に入るんじゃないかな」

と言った。時計の針は六時二十分をさしていた。それから十分後、私たちは甘粛省の

両当県《りょうとう》に入った。夕方の六時半だが日は高く、明るさは日本の午後二時か三時といったところである。

甘粛省に入ると、麦の段々畑が秦嶺山脈のすべてであるかのように視界のすべてを埋め始め、笑いのない農民の、黙々とした労働以外に人間の営みはないかと思える姿がつづいた。

三十分前に、私はたしかに川を見たはずで、両岸を二本のワイヤ・ロープでつなぎ、そこに板を載せただけの橋を、青年が自転車で曲芸まがいに渡っているのを感嘆の思いで眺めたというのに、もはや川どころか、池も水溜まりもなく、天秤棒をかついだ中年の婦人が、水を運んで山の斜面をのぼっている。

このあたりは、水のある場所へは五キロの山道を下るしかないという。山道を五キロ下って水を汲み、五キロのぼって、それを麦に与える。それを一日に五回も六回も繰り返す。そうしなければ麦は枯れてしまうのである。片道五キロの急斜面を一日に五往復、もしくは六往復。年間の降雨量は五百ミリというから、その程度の雨は焼け石に水で、生活用水にもならない。

私の目には、そのあまりにも苛酷な労働は、農民たちからわずかな笑顔さえ忘れさせたかのように見えたのだった。天水に着くまで、私は幾つかの村に住む人々の笑顔を目にしなかったのである。

日が沈みかけたのが夜の八時前で、運転手はひとつの村に入るたびに、村人に道を訊いた。

うっかりうたたねをしていると、運転手はさっきの村でまた道を訊いている。私は、ああ、道に迷って引き返したのかと思う。しかし、そうではない。どの村も、同じたたずまいで、村人たちは同じような服を身につけ、笑いはなく、天水への道はあっちだと指差すだけなので、私はそんな錯覚をしたのだった。

村に入る。道の両側に土壁の家がつづく。村の中心の四つ角に来る。四つ角には、村でたった一軒の雑貨屋がある。村人は、夕食を終えて、その周辺に集まってくる。回族の小さな食堂があり、イスラム教徒であることを示す白い帽子をかぶった老人たちが、チェスのようでもあり将棋のようでもある駒を動かしている。夕焼けがその四つ角を紅茶に似た色に変えている……。

どの村も、それの繰り返し。変わっていくのは夕焼けの色だけなのだ。

「島崎藤村《しまざきとうそん》の『夜明け前』の書き出しは名文だと思ってたけど、あれは名文やないな」

日がすっかり暮れて、夜の九時を廻ったころ、私はそう言った。

「木曽路《きそじ》はすべて山の中である……。何が名文や。だって木曽路は本当にすべて山のなかなんや。当たり前のことを書いて何が名文だってんだ。西安から西域への最初の道は麦畑だけの山の道であるって書くようなもんや」

いや、だからこそ名文なのかもしれない。

——無数の白い粉が烈しく舞い始めた。吹雪になったのだ。——なんて駄文とは次元が違うんだからな。

私は背や腰の痛みにうんざりして、『夜明け前』の書き出しの文章を思い出そうとしたが、最初の一行から先は出てこなかった。


道はいつのまにか下り、山はさらに深くなっていった。道を訊こうにも村がない。けれども樹木のあいだから、ときおり強い光が漏れてくる。民家の明かりだった。

近づくと、その民家の明かりは、せいぜい三十ワットほどの豆電球にすぎないのだが、深山の漆黒の闇は、その豆電球を途轍もない光源に変えて、疲れた私の目に射《さ》し込んでくる。

「豆電球って、こんなに明るいんやなァ。日本にいてたらわからへんかったやろうな」

「星がすごいですよ」

誰かの言葉で、車の窓から空を見ると、山と樹木以外はすべて星ではないのかと思えるほどであった。

車から降りて、しばらく星を眺めたい。私はそう思ったが、それを運転手に言うことはばかられた。

いっときも早く天水の街に入ろうと、運転手は焦っていた。すでに西安を出発して十三時間近くたっている。最も疲れているのは運転手であろう。

「オシッコ」

と私は言った。みんな車から降りて、背を伸ばしたり、屈伸運動をしながら星を見た。音もなく何かが近づいてきて、音もなく去っていった。それが何なのかわからなかった。再び車が動き出し、ヘッドライトがそれを照らした。自転車に二人乗りした若い男女であった。

天水の町に着いたのは深夜の十二時十分だった。どこからが天水の町だったのか、誰もよく覚えていない。みんな、天水に近づくにつれ、何も喋《しゃべ》らなくなっていた。疲れたというだけではなく、西安を出発した最初の日のあまりの険難な道に言葉を失い、これからの道程《みちのり》を思って、それぞれが茫然となっていたのである。

そして、西安から車で五百四十八キロも走ってやっと辿り着いた天水という町の、廃《はい》墟《きょ》に似た団地の居並びと、街路灯に照らされた無人の舗装道路の人工的なたたずまいが、私たちを冷たく拒否しているかのように見えたのだった。

これが、あの天水？　麦積《ばくせき》の聖地に、太古に天の川の水が天より注がれたと言い伝えられるところ？『三国志《さんごくし》』ゆかりの地で、諸葛孔明《しょかつこうめい》が軍を置いた風雲の歴史の町？とんでもない。ここは乱暴に造られたコンクリートの町ではないか……。甘粛省のはずれのはずれで朽ち果てたゴースト・タウンではないのか……。

私はそう思ったが、夜、異国の町に足を踏み入れるとき、旅人はいつもそんな感情を抱くものだと自分に言い聞かせた。かつて、ハンガリーのブダペストに着いた夜も、ブルガリアのヴィディンの駅前に立った夜も、ルーマニアのトルチャという港町の改札口を出た夜も、心が枯れてしまいそうになったものだった。

「おい、いまの俺たちの職業は旅人。寂しさをベッドにして眠るのが仕事でござるぞ」

私は息子のダイにそう言った。もう何時間もダイが喋ろうとしないことが気にかかっていたからだった。ダイは無表情に私を見つめ返したが、また力のない目を天水の町並に向けた。

とりあえず今夜の宿舎・天水賓館に入らなくてはならない。しかし、どこをどう行けば天水賓館に着くのか、運転手も知らない。

車は、人気のない閑散とした大通りを北へ進んだ。交差点で若者たちが集まっていた。古ぼけたバイクが何台か停めてある。

運転手とフーミンちゃんが若者たちに道を訊いた。フーミンちゃんは、バイクにまたがっていた十七、八歳の少年に、ホテルまで案内してくれたら二元やると言った。少年は、ついてくるよう促し、夜道をバイクで走りだした。

宿舎まではかなりの距離があった。橋を渡り、道を曲がり、バス駅の横を曲がり、団地の並ぶ通りをまた曲がった。

この少年に案内してもらわなかったら、町のなかを行ったり来たりするはめになったにちがいない。フーミンちゃんはそう言って、少年に五元渡した。

天水賓館は高層ビルで、ロビーは汚れて、だだっぴろく、私たちの声はロビーで反響した。現地を案内してくれるガイドが待っていた。ホテルの食堂はもう閉まっているし、町の食堂でまだ営業しているところはないので、バス駅の前の屋台で食事をする以外にない。荷物はホテルの服務員に運んでもらっておいて、まず先に食事をしようということになった。

ダイとハシくんが、自分たちの部屋のトイレに行きたいと、ほとんど悲愴《ひそう》ともいえる表情で言った。なんと、二人とも十数時間も下痢に耐えつづけてきたのである。

宝鶏市の公衆便所の次は、どこかのガソリン・スタンドのトイレに入ったが、そこのありさまは言語を絶していて、戸をあけた瞬間、外に逃げ出したのだという。

駅前の屋台は、どれも店仕舞いをして帰りかけていた。ほとんどは火鍋屋と涼皮屋だった。

私たちは路地を入ったところにある店で肉饅頭《にくまんじゆう》とラーメンを注文した。それしかなかったのだ。

十五時間も車を運転しつづけた運転手に、私はビールをご馳走《ちそう》したが、運転手の体はあまりに疲れ過ぎて、アルコールを受けつけなかった。

ビールをつぐためのグラスは、色も形もみな異なる割れかけたプラスチック製で、運転手は、私を見て首を小さく横に振った。そのグラスでビールを飲んではいけないと合図してくれたのだった。

蒸した肉饅頭は臭くて、私たちは食べることができなかった。それが天水という地の風味なのかもしれないが、私たちには危険な悪臭に感じられた。食べたのはフーミンちゃんだけである。

次に運ばれてきたラーメンを一口すすり、運転手はまた私を見て首を振った。注意してくれるまでもなく、私たちはそれも食べることができなかった。

「晩めしを食わなくても、死にはせんよな」

私はビールをラッパ飲みしながらそう言った。フーミンちゃんだけが、嫌いだというラーメンをたいらげた。

路地には、すさんだ目をした人々が、裸電球に照らされながら、しゃがみ込んで煙草を吸っていた。その光景は、タイのバンコクのスラム街に似ていた。

店の女主人は、なぜ食べないのかと不快そうな目で私たちを見つめ、常連客に何か言った。あたしたちを馬鹿にしてるんじゃないのかいと言ったのかもしれない。

店の奥では、酔った青年が電話で話しつづけている。低い声で、執拗に相手に何かを迫りつづけている。

「電話の相手は女やな。心変わりした女にしつこく関係の修復を迫ってるってとこかな」

私はフーミンちゃんに、青年の言葉を訳してくれと頼んだ。フーミンちゃんは、それとなく耳を澄まし、この地方の言葉は自分には解しにくいが、会って俺の話を聞いてくれといった意味の言葉を繰り返しているようだと言った。

店から出ると、フーミンちゃんはスイカを買ってきて私たちに手渡した。

「果物が一番危ないぞ」

と私は言った。

「包丁に、とんでもない数の黴菌がついてるんや。トルコでもエジプトでもポルトガルでも、バンコクでもマニラでも、俺は包丁で切った果物にやられた」

私は食べたくてたまらなかったが、フーミンちゃんに気づかれないようにして、駅前の暗がりにスイカを捨てた。駅の広場も、バンコク駅のそれに似ていた。朝になると、駅前売春宿に売られた十二、三歳の少女たちが、怯えた目で降りて来そうな気さえしたのだった。私もひどく疲れていたのであろう。

前略

きのうの深夜（もうきょうだったのですが）、無事に天水に着きました。

無事というのは、事故に遭わなかったということで、健康状態は、私だけでなく、同行の者たちはさんざんなものです。

寝ている時間よりもトイレで坐っていた時間のほうが多いくらいで、ホテルの食堂での朝食も、ほとんど手をつけることができませんでした。

きょうは日程が詰まっていて、午前中、麦積山《ばくせきざん》石窟を見学し、昼から甘泉郷《かんせんきょう》、仙人崖、李広《りこう》墓などへ行く予定でしたが、鳩摩《くま》羅什と多少かかわりのある麦積山石窟だけを観て、午後はホテルで休むことにしました。

砂漠の周縁の地に入るまでは手をつけずにおこうと決めて持参した日本食で昼食をとり、腹痛の薬と抗生物質を服んで眠りました。

一時間半ほどまどろんだでしょうか。もっと眠りたかったのですが、ホテルの前に団地を建設中で、その工事の騒音はすさまじく、あげく、作業員たちのカセット・デッキから流れる音楽は消えることがなく、体を休めるほどには眠れなかったのです。

ホテルの部屋で履くためのスリッパも日本から持ってきたのですが、それは不快なほどに濡れてしまいました。

洗面所も、ベッドの周りもつねに濡れています。昨夜、シャワーの湯は髪を洗っているとき突然出なくなりました。シャンプーの泡だらけの頭を、さてどうしたものかと思案し、日本から大量に持参したウェット・ティッシュで拭いたのですが、そんな程度で泡を取り除くことはできず、ベッドに入って二十分ほどたったころ頭皮がかゆくなってきました。シャンプーにかぶれたのでしょう。

起きあがって、さらにウェット・ティッシュで拭きつづけ、やっとかゆみがおさまったのが夜中の四時。

ところが、かゆみが去ると、こんどは、ベッドの枕の匂いが鼻につくようになりました。

いったい何の匂いなのか……。それは、かつてこの部屋に泊まった人々の匂いでした。汗、脂、吐息が、枕とベッドに染み込んでいます。

俺の匂いもまた染みて、次に泊まる人の鼻孔に忍び込むことだろうな……。そんなことを考えながら、地面の上のほうがまだ清潔かもしれないと思える部屋の床からスリッパを取り、ビニール袋にしまって目を閉じたのが五時。

かなり深く眠っていたはずですが、六時半に大音響で目を醒ましました。

ブルドーザーと削岩機の音、そして拡声器のようなものから聞こえてくる日本の艶歌に似た曲がひとかたまりになって飛び込んできたのです。

しかしそれも、夕刻の六時ごろ消えました。消えると同時に、この天水という町から生活の気配も消失し、黄土色の砂埃だらけの死の町と化しました。


いま夜の十時です。七時半にホテルの食堂で野菜中心の料理を注文したのですが、どれも大量の菜種油が使われていて、私たちはほとんど箸をつけませんでした。

プラスチック製の箸は濡れていたので、私たちはそれをきれいに拭いたのですが、それでも不安で、ホテルの服務員に気づかれないようにライターの火であぶって消毒しました。


やっと窓から涼しい風が入ってきました。

麦積山の石窟のことは、よく覚えていません。山肌に穴があり、見学者のための桟道《さんどう》が山肌に幾重にも架けられてあったということ以外は、きれいさっぱりと心から消えてしまっています。

それよりも、ホテルから麦積山への約四十キロの道で目にした農村のたたずまいと、人々の営みは強く心に捺されています。

この地方の痩せた土地では、麦以外の作物は穫《と》れそうにありません。川は涸《か》れかけていて、人間の住むところからは絶えず生活排水の耐えられない汚臭がたちこめています。

人々も痩せていて、生活の疲れが全身にこびりついています。

天水という地が、中国の中心部から遠く隔たったところにあることを念頭に置いても、このありさまは私たちの予想を超えていたのです。

しかも、私たちは疲労困憊《こんぱい》し、下痢に苦しんでいたので、私たち自身の視力にも正確な力がなかったかもしれません。

にもかかわらず、人々の表情には、やはり何物かに虐げられている重い哀《かな》しみに似たものが感じられるのです。

これは気のせいかもしれませんが、町や村で目にする公安警察官の態度は、農民たちとは異なり、尊大で冷淡で驕慢《きようまん》です。

これまで二度、中国を旅していますが、それは今回の旅ほどには官憲の者たちの無言の圧力を感じるものではありませんでした。

けれども、西安に滞在中も、天水への道でも、天水に着いてからも、私はなぜか、この国は警察国家に向けて進行中だという思いにとらわれました。

それはとりもなおさず、軍隊が勢いをつけていることを示唆する証《あか》しでもあるはずです。

外国人が他国の政治を云々《うんぬん》するのは無礼であることを承知しつつも、私はいま、天水のホテルの一室で、あの文化大革命について考えています。

文化大革命は、いったい何を目的として起こり、それは中国に何をもたらし、何を失わせたのか……。

私は、麦積山に近い小さな村で、ひとりの公安警察官が制服の胸をはだけ、制帽をだらしなくあみだにかぶり、くわえ煙草で藁《わら》の上に寝そべって、若い女の持ち物を調べているのを目にしました。

そのとき、なぜか、昔、テレビのニュースで観た光景を思い浮かべたのです。それは北京から農村に下放《かほう》されてきた人をさらしものにして殴りつけている農村の紅衛兵《こうえいへい》たちの姿でした。

中国の文化大革命は、一九六五年を発動期として、一九七六年に終了したとされています。

この長い期間に起こった事柄は、『文化大革命十年史』と題され、社会科学院政治学研究所の厳家祺《げんかき》、高皋《こうこう》夫妻の共著として一九八六年に天津《てんしん》人民出版社から出版されました。

けれども、文革史を克明に再現したとされるこの書物に関して、私の知る中国の幾人かの友人たちは、あまり語ろうとはしません。重要な部分において、政治的調整がおこなわれたに違いない書物をまともに読む気にはなれないといったところなのでしょう。

しかし、この書物は、ひとつの重要な問題を人々に教えていると私は思っています。ひとことで言えば、権力闘争の謀略の犠牲になるのは、いつも無告《むこく》の民《たみ》と、それらを守ろうとする人々であったということでしょうか。

一九五〇年代から中国の社会主義国家建設は順調に進み、五八年ごろには、毛沢東は「人民公社」を作って、農村の「大躍進政策」を強硬に推進していきます。

北京の毛沢東のもとには、中国全土の農村から、毎年豊作の報告が届くのですが、それに疑問の念を抱いた当時の国防相・彭徳懐《ほうとくかい》は、みずから全国の農村を視察し、それが虚偽の報告であったことを知るのです。

豊作どころか、自然災害やソ連からの援助停止などによって一千五百万人以上もの餓死者が出るありさまだったのです。

彭徳懐の報告を聞いた毛沢東は烈火の如く怒ります。自分たちの成績のために虚偽の報告をしていた「人民公社」の役人にではなく、真実を告げた彭徳懐に怒ったのです。

毛沢東は、彭徳懐を階級の敵として更迭し、新しい国防相に、熱烈な毛沢東崇拝者であった林彪《りんぴょう》を就任させます。林彪はたちまちのうちに軍を掌握し、革命軍を毛沢東思想に忠実な政治集団として再編していくのです。

毛沢東が辞任したあと、国家主席に就任した劉少奇《りゅうしょうき》は、実権派として強大な勢力を築き始め、やがて農村政策をめぐって毛沢東と対立していきます。

林彪は、この二人の対立を利用し、『毛語録』をかざし、紅衛兵を味方に引き入れて、毛沢東の後継者をめざし始めるのです。

西安から天水までの道々、私は、なぜ毛沢東が、農村を視察して真実を報告した彭徳懐に怒りを向けたのかを考え続けました。

あまりにも貧しい農村を目にしつづけているうちに、私は毛沢東もまた極貧の農家に生まれ、高等教育を受けることのできなかった人物であることに思い至りました。「大躍進」の号令下で、農村の役人たちが大凶作を豊作と報告しつづけていたことを彭徳懐に教えられた瞬間、毛沢東は自分のかかげた政策だけでなく、自分という人間までもが馬鹿にされ、辱められたような気がしたのではないでしょうか。

「てめえは手を泥まみれにすることなく、えらそうに視察して、百姓どもは嘘《うそ》をついてましただと。こいつ、俺を馬鹿にしやがって。百姓を馬鹿にしやがって。インテリなんて、どいつもこいつも口ばっかりで、汗を流して働こうなんて思ってねェんだ。こいつら、みんな百姓にして根性を入れ換えてやる」

まあ私は毛沢東と話をしたことはありませんが、文化大革命の最初の引き金は、ひょっとしたら、こんなところかもしれないと思ったのです。

その毛沢東の腹立ちが、やがて政治的な解釈や謀略に組み込まれ、音楽、文学、演劇、出版、教育などにたずさわる多くの人々をブルジョア主義者として血まつりにあげる紅衛兵の巨大な暴力へとつながって行ったのではないでしょうか。

　私の友人である中国の作家は、子供のとき日本軍によって山口県の徳山《とくやま》ソーダの工場に強制連行され、苛酷な労働に従事させられます。やがて日本の敗戦で中国に帰ると、毛沢東の長征に参加し、新四軍に入隊して情報戦を担当するのですが、同じ部隊にいた女性と恋仲となり、革命後結婚し、幸福な家庭を築きました。

　しかし、文化大革命の波は彼をも巻き込み、三年間、人民大会堂の窓ガラスを拭かされつづけるのです。

　ある日、彼が窓ガラスを拭いていると、紅衛兵の幹部と腕を組んで出て来る妻の姿を目にしました。

　夫を裏切り、紅衛兵の幹部の愛人となった妻が人民大会堂を出入りするのを、彼は毎日窓ガラスを拭きながら見つめつづけました。

　彼はそのときの自分の気持を淡々と私に話して聞かせてくれました。

「テルチャン、私ハ、多クノ物ヲ感ジツヅケマシタネ」

　私たちの会話を聞いていたある人が、文化大革命についてこんな表現をしてみせました。

「中国という巨大な鍋のなかでお粥《かゆ》を炊いている。底のほうがこげないように途轍もなく大きくて長い柄杓《ひしゃく》で常にかきまわしていなければならない。どんなにゆっくりかきまわしても表面のほうのお粥はこぼれて落ちてしまう。文革の犠牲になった者たちは、この表面のお粥だったんだ」

この言葉を耳にして、彼は否定も肯定もせず、かすかに微笑《ほほえ》むだけでした。この世界は虚偽に満ちています。私利私欲の海のようです。政治の虚偽による災厄に対し、政治家が責任をとったことは一度もありませんでした。

なぜか、山本周五郎《やまもとしゅうごろう》の『赤ひげ診療譚《しんりょうたん》』の一節を思い浮かべました。

——これまでかつて政治が貧困や無知に対してなにかしたことがあるか、(中略)人間を貧困のままにして置いてはならない、という箇条《かじょう》が一度でも示された例があるか。——

あしたは蘭州へ向かいます。またお便りします。

草々

第三章

麻雀を考えついた国

天祝のコールタール製造場

五月三十日の朝、八時四十分に私たちは天水《てんすい》を出発した。

西安《せいあん》から天水までの苛酷な道をひたすら走りつづけてくれた運転手は、私たちの出発を見送ったあと西安に帰るという。

疲労は取れていないし、またきょう十五時間も運転するのは到底無理なので、宝鶏市《ほうけいし》で一泊することに決めたと言って、なんだか心配そうに私たちに手を振った。クンジュラブ峠を越えてイスラマバードまで？　ほんとにあんたたち行く気かい？

運転手の目はそう言っているようであった。

蘭州《らんしゅう》から天水まで迎えに来てくれた旅行社の運転手は、私たちを敦煌《とんこう》まで運んで、そこから再び蘭州に帰るのである。

天水の市街地を出て、麦以外の植物はほとんど見ることのできない地域に入ると、私たちはやっと黄土《こうど》高原と呼ばれるところを進んでいるのを実感した。

農民たちのおかれている地理的な条件と自然状況は、いっそう劣悪化し、村落を通り過ぎるごとに、次の村のほうがもっと貧しいのだとフーミンちゃんは言った。

黄土高原という字のとおり、土壌はすべて黄土であり、それが果てしない高原となってつづいている。

高原の高い場所に家と畑を持つ農民は、水を汲むために、いったいどれほどの坂道を往復しなければならないかと考えると、その労苦に溜息が出てしまう。

「なんとかならないのかよ。水を入れたドラム缶を上げ下げする機械を取りつけるとか。国がその気になれば、たいした金はかからない工事だと思うけどねェ」

私の言葉に、フーミンちゃんは考え込み、

「コンナトコロニマデ、手ガ廻ラナイネ」

と言った。

「手が廻らないんじゃなくて、心が廻らないんだな」

しかし、私のそんな意見も、内政干渉というやつであろう。

私は子供のころ、父から聞かされた言葉を思い出していた。父は、中国を語るとき、必ずこの三点について語ったものである。

「とにかく、でかい。あまりにもでかい。あのでかさは、ひとつの政府では賄いきれないほどのものだ。毛沢東はそれを共産主義でやるつもりだが、資本主義も共産主義も、行き着くところはおんなじだ」

「中国は五千年の昔に退廃の極致まで行ってしまった国だ。どんなに振り出しに戻っても、中国人の血のなかには退廃の極致に対する身の処し方が眠っている」

「欧米の文化の基本的数字は常に三だ。ピラミッドの三角形がその暗号だ。中国は四だ。とにかく麻雀《マージャン》なんてゲームを考えついた国だからな。言葉も、四文字ですべてを表現する。四面楚歌《しめんそか》、迅雷風烈、一気呵成《いっきかせい》、一心不乱、一期一会、心機一転、大言壮語、言語道断、酒池肉林、……まだまだあるぞ。とにかく麻雀の牌《パイ》はおんなじ種類のが必ず四つある。これを真似したのがトランプだが、麻雀の奥の深さに勝てるゲームはない」

退廃の極致も、文化の基本的数字が四だということも、私にはまだ見えてこないが、中国があまりにもでかいことは、三日前からいやというくらい実感している。にもかかわらず、旅はまだ始まったばかりで、いつになったらパキスタンのイスラマバードに辿り着くのか、私はかなりおぼつかなくなっている。

十一時前に、李家坡《りかほ》という村に入ると道は工事中で、村人がツルハシやスコップをふるっている。車が通してもらえるのは一時間ほどあとだという。

フーミンちゃんは車から降りて工事の責任者である村長と親しそうに話し込んで来ると、

「コノ車ダケ、通ッテモイイネ」

と言った。村長に煙草を五本あげて、日本の有名な作家が蘭州から飛行機で上海《シャンハイ》へ行かねばならない、飛行機に乗り遅れたら、自分たちも君たちも国の偉い人に怒られると嘘をついたのだった。

「有名ナ作家ミタイニシテ下サイ」

フーミンちゃんにそう言われて、どんな顔をしたらいいのか焦っているうちに、車は村長の前を通り過ぎた。私は、おっとりと会釈し、村長は機嫌よさそうに煙草を吸いながら私に手を振った。

「煙草って、すごい威力なんだなァ」

ハヤトくんは笑いながら言った。

実際、通行人に道を訊くときも、役人にワイロを渡すときも、フーミンちゃんはまず煙草を一本か二本、相手の目の前に突き出すのである。相手が受け取ろうとしないときは、無理矢理ポケットにねじ込む。それでも拒否したら、唇に突っ込んでくわえさせる。その強引さ、滑稽さに、私たちは何度茫然と顔を見合わせたかしれない。

私は、天水のホテルで出発を待つあいだ、ロビーの椅子に坐ろうとしたが、他の客がすべての椅子に腰かけていたので、そのなかの一番若い客に席を譲ってもらおうとして煙草を一本渡した。

渡してから、自分がそれを無意識のうちに極《ご》く自然にやっていたことに驚いたのであった。

自分という人間は、案外たやすく環境と同化してしまうところがあるのかもしれないと愕然《がくぜん》となり、ひとりで笑ってしまったのである。

「日本に帰って、この癖が直らなかったら大変やな。初対面の人に挨拶するとき、手が勝手に動いて、煙草を突き出したりして」

私が言うと、

「いまや、フーミンちゃんよりも鮮やかな手つきですもんね」

とワリちゃんは笑った。もうじき渭水《いすい》を渡る。ここを渡ったら、再び渭水に出逢うことはない。フーミンちゃんは地図を見ながらそう言った。

天水に着いて以来、私たちを苦しめているのは下痢だけではない。食堂で出てくる料理のどれかに、必ず耐えがたい悪臭を放つものがあって、それは到底喉を通るどころか、口に入れることもできない匂いなのである。

スープ類、もしくは麺類にその悪臭の源があるので、私は味つけ用の味噌が匂いの正体ではないのかと思った。四川《しせん》料理で使うピリカラの味噌は、この地域に伝わって独自の製法となり、私たちにはどうにも受けつけられない匂いと味に変化したのだと推論したが、それを言葉でうまく表現できなかった。

たとえば、数日間穿《は》きつづけた靴下のようでもあるし、腐りかけた何かが入っている冷蔵庫をあけた瞬間のようでもあり、長く放置された生ごみの袋のようでもある。

しかし、そのいずれも似て非なのだ。どれも近いが、どこか違う。もっと適切な表現があるような気がするのだが、誰もその言葉を思い浮かべられないのだった。

ところが、秦安県《しんあん》に入って、渭水の畔《ほとり》の村を通りかかると、月に一度の市がひらかれていて、野菜、衣類、食器、ひよこ、仔豚《こぶた》、山羊などを売る人々が道の両側に露店を並べ、トラクターや牛車の荷台に乗って、遠くから農民たちも集まり、大盛況を呈しているのだが、それら人混みのなかから、あの耐えがたい悪臭とまったく同じ匂いがたちこめてきたのだった。

それが腐敗した〈生活排水〉の匂いだとわかるのにしばらく時間がかかった。

瓦屋根と土壁の民家の周りには、行き場のない排水溝が掘られている。それは黄土の上に掘られているだけなので、やがては沈んでしまう。絶え間なく垂れ流される生活排水は、スコップや鋤《すき》で掘られて蟻《あり》の巣状に村のなかを縫うだけの溝を巡り、沈み、また溜まり、沈み、永遠に乾かない沼と化しているのである。

私は渭水を渡りながら、

「あの味噌の匂いは、これだ」

と言って、黄土に掘られた排水溝を指さした。

「そうです、これです。これとおんなじ匂いですよ」

ワリちゃんもそう言った。こんな臭いところからは早く逃げ出したほうがいいとフーミンちゃんも顔をしかめた。

けれども、ハヤトくんは渭水の河原に干してある春雨のようなものを写真に撮りたそうであったし、私はなんだか気になるものが視界をかすめたような気がして、車を停めてもらった。たしかに歯医者さんみたいなのが露店を張っていたのだ。白い布を掛けた台に義歯が並び、歯を削るあの恐怖の機械もあったような気がする。

私がそう言うと、

「歯医者の露店？　ほんとですか？」

とワリちゃんとハヤトくんは顔を見合わせた。

「幻影かな……。蜃気楼かしら……。でも、ここはまだ砂漠じゃないよね」

私はそうつぶやき、車に橋のたもとで待っていてもらい、歩いて露店の並ぶ場所に戻った。

白衣を着た中年の男と、〈患牙病者〉と書かれた台が見えた。

私はフーミンちゃんに通訳してもらって、男に話しかけた。たちまち私たちの周りには人だかりができた。

「このグラインダーは、足踏み式ですね。どうやって動かすんですか？」

「ミシンと同じです。電気で回転させるよりも痛いのですが、電気が使えないので……」

「病院がないこのあたりでは、あなたのような歯医者さんは貴重でしょうね。一日に何人くらいの患者さんが来るんですか？」

「だいたい三、四人ですね」

「治療代は幾らくらいですか？」

「五元から六元てとこです」

律儀そうなその歯医者さんは、さまざまな形の義歯を見せてくれて、これは前歯、これは奥歯と説明し、足踏み式のグラインダーを私に回転させてくれた。私が踏もうとすると、

「気をつけて。ゆっくりと」

そう不安げに言った。慣れない者が踏んで、こわれたら大変だと思ったのであろう。

「虫歯も歯槽膿漏《しそうのうろう》も、中国では『牙病』なんやな。歯じゃなくて牙なんや」

私がそう言うと、ワリちゃんは手で頬のあたりを押さえながら、

「麻酔なんか、どうするんでしょうね」

と痛そうに言った。

「この歯医者さんにかかるには、相当の覚悟がいりまっせ。俺なんか、『患牙病者』って字を見たとたん気絶しそう」

私もなんとなく奥歯の一本が痛くなってきたような気がした。

歯医者さんは、自分はちゃんと甘粛《かんしゅく》省衛生局の許可証を持つ歯医者だと言って、そ

の許可証を見せてくれた。蘭州で歯科医の勉強をしたという。

仕事の邪魔をしたかもしれなかったので、私はお礼に五元渡そうとしたが、その歯医者さんは頑として受け取らなかった。


私たちは車に乗り、昼食をとる町である通渭《つうい》県へと急いだ。

「歯医者さんの露店なんて、俺は初めて見たな。どの国でも一度も見たことはない。纏《てん》足《そく》を考えつき、何万人もの宦官《かんがん》を必要とした国やから、牙病の治療法にも秘伝があるかもしれませんな」

私の言葉に、

「纏足は女性、宦官は男ですよね」

とワリちゃんは言った。

「纏足は少女の足を包帯で巻いて、気長に、じっくり時間をかけて作るけど、宦官は性器を一瞬に切り落とす。切り落とされた瞬間の悲鳴は、悲哀、憎悪、屈辱、激痛の響きを込めて、暗黒の世界に沁《し》み込んでいったって、何かの本に書いてあった」

私はそう言って、黄土高原の段々畑を見やった。気温は高くなっている。おそらく三十度を超えているであろう。

「痛イ話、モウヤメマショウ」

フーミンちゃんは痛そうに腹を押さえた。天水の夜に食べたラーメンとスイカが暴れ始めていたのである。

通渭県の町には午後一時半に着いた。道の両側に建物が並んでいて、街道の町といった趣である。

相変わらず、建物にはスローガンが書かれ、とにかくそこに町を誕生させるためにずいぶん昔に俄造《にわかづく》りでコンクリートとガラスとサッシで組みたてたのだが、俄造りだったために、いまは老朽化して黄砂にまみれてしまっている。パキスタンとの国境を越えるまで、オアシスのなかであろうとも、町の中心部はどこもこれと同じたたずまいだったのである。

看板に赤い字で「鴻賓酒楼《こうひんしゆろう》」と刻み込んだ食堂が、その界隈《かいわい》の人々のお薦めだったので、私たちはそこで昼食をとることにした。

暑い。日を浴びていると頭がくらくらしてくる。日本よりも太陽が熱いような気がする。これでもまだ気温は三十度なのだから、河西回廊《かせいかいろう》を過ぎて五十度に及ぶ新疆《しんきよう》ウイグル自治区に入ったらどうなるのか……。いまはあまり考えないことにしようと思いながら、私たちは「お二階にいい席がございまっせ」と書かれたドアをあけた。

とにかく、すでに私たちはこの地域の食べ物に対して徹底的に懐疑的になってしまっている。味なんてどうでもいい、下痢にならないものを食べさせてくれたら、もうそれだけで深々と頭を下げて礼を述べたいという心境になっていたのである。

しかし、「鴻賓酒楼」の料理及びサービスは、長い旅においては、まことに上の部類に属するものだった。

まず最初に前菜。これは調理してから時間がたっているので、ピーナッツを炒めたものだけ頂戴する。キュウリにもトマトにも手をつけない。

次に豚の腎臓の醤油《しょうゆ》炒め。「あつっ、あつっ、あつっ」と言いながら食する歓《よろこ》びを味わいながら、その滋味に富んだ歯ごたえを全員で讃《たた》え合ったのである。

私たちの席の横に、小さな電熱器が二つ置いてあり、そこに小さなやかんが載っていて、湯が沸騰している。

その湯を、十七、八歳の女性の従業員が絶えず薬茶に注いでくれる。茶は宝鶏市の食堂で出たものと同じだが、目の前で沸騰している湯が注がれているという歓びがクコやアンズに沁み込んで、

「いやあ、このほのかな甘みがお料理に合いますなァ」

なんて機嫌よく微笑んでしまう。

その次は豆腐の煮物。これは例の匂いがするが、我慢できる程度で、

「お豆腐は体にいいんだよね」

なんて言いながらたいらげた。

そのあとは、ピリカラのピーマン炒めと八宝菜、草魚のスープに玉子チャーハンとつづいたのだが、ときおり男がのぞきに来て、味はどうかと問いかけた。

「いやあ、結構なお味でございますなァ」

私たちは料理職人としての誇りをそのまなざしに秘めた恰幅《かっぷく》のいい男にそのつど笑顔でこたえた。

けれども、その男はただの客だったのである。店の主人も調理人も、はにかみの笑みを浮かべるだけの、一見風采のあがらない人物で、私たちが話しかけても照れ臭そうに目を伏せてしまう。

男が店の関係者ではないとわかったとたん、フーミンちゃんは、犬か猫でも追っぱらうように手を振って、

「あっち行け。お前、関係ねェだろ」

と中国語で言った。

「私、腹ノ調子悪イデス。トテモ悪イデス。コレデハパキスタンマデ行ケナイ。途中デ死ヌカモシレナイ。私、結婚シテ二年、子供生マレテ八ヵ月、家買ッテ二ヵ月。私、コンナ旅行キライ。私、行キタクナカッタ」

フーミンちゃんはそう言いながら、玉子チャーハンを頰張っている。

私は階下に降り、トイレはどこかと従業員に訊いた。

「アッチ」

と指さされたところは建物の外の、黄土と瓦礫《がれき》だらけの空き地である。つまり、そこらへんでしろということらしい。

空き地からは隣の清真《せいしん》食堂の屋根が見える。清真とはイスラム教のことだから、回族、つまりウイグル人たちが増えてきた証しなのだ。

私は食事をしているときから、直径八センチほどの小さな電熱器が気になっていた。日本では、いまや電熱器を見ることはなくなったが、私が子供のころは、どこの家庭にも置いてあった。

プラグをコンセントに差し込むと、かすかに鈍い音がして、螺旋状《らせんじょう》のコイルが熱して赤くなるという代物だが、私は赤くなっていく瞬間の電熱器を見るのが好きだった。それを見ていると、なぜか幸福な気持にひたれるのだった。

しかし「鴻賓酒楼」で使用している電熱器のように小さなものは見たことがない。これなら持ち運びに便利で、ホテルの部屋でいつでも湯を沸かすことができる。これはなかなかの掘り出し物だ。

私はそう思って、食堂を出るとき、店の者に、この電熱器はどこで売っているのかと訊いた。彼はすぐそこの電気屋で売っているといって、案内してくれた。

値段は一個四・五元。日本円で約五十円。

「五十円だぞ。こんな素敵なものが、たったの五十円だぞ。一つは旅行中に使って、もう一つは家へのおみやげにするぞ」

私は嬉《うれ》しくて、店の在庫を全部買い占めてしまいたくなったが、日本に帰るまで持ち運ぶのは大変なので、二個だけ買った。

私はそれを無事に日本へ持ち帰ったが、どうしてこんなものを買ってしまったのかと、二個の電熱器を見つめて、ただ首をかしげるばかりである。雑な造りの役にたたないガラクタでしかない。中国の甘粛省通渭県では、心ときめく魔法の道具に見えたのに……。

荷車を引くロバが、これまでの地域のそれと比して小型になっているなァと思いながら、私は黄土高原の段々畑に見入った。

詩人・李白《りはく》のふるさとは通渭県のあたりだと教えられたが、李白につながる風景は見あたらない。詩は詩的環境から生まれるとはかぎらないということを象徴しているのかもしれない。蓮《はす》の花は泥のなかに咲くという言葉が心をよぎる。

しかし考えてみれば、私たちはこの地方における最適な季節に訪れたのではない。五月末は、このあたりは日本でいえば夏の盛りに近いのだ。菜の花が咲いてはいても、気温は三十二度で、湿度は二十パーセントほどだから、慣れない者にとっては暑さがこたえるのであろう。

もっと春さきの、あるいは深い秋のころに訪れたら、まるで異なった印象を受けて、李白の詩境の一端を見るかもしれないのである。

午後四時に定西《ていせい》県に入る。大きな町で、ロバとバイクとトラックが道でもつれあっている。四時といっても太陽は頭上にあり、ロバの腹から汗がしたたり落ちている。

「ロバって、どうしていつもこんなにしょんぼりした顔をしてるのかなァ」

私はフーミンちゃんが眠っているのに気づかなくて、そう話しかけた。慌てて目を醒ましたフーミンちゃんは、

「五百元デス」

と言った。私がロバ一頭の価格を質問したと錯覚したらしい。

「ロバの寿命は？」

「ワカリマセン。十五年クライカナ……。イマ私ハ自分ノ寿命モワカラナイネ。下痢デ死ニソウ」

「自転車はいくら？」

「五百元」

「ロバと自転車がおんなじ値段か……。ロバを買うほうが得やなァ。重たい物を運んで

くれるし、人間を乗せてくれるし、友だちにもなってくれるしなァ」

「ロバ、餌タベル。自転車、ナニモ食ベナイネ」

町の中心部を出てポプラ並木に入ると、綿毛のようなポプラの種が無数に舞い始めた。運転手は、三日前はこのあたりではポプラの種は舞っていなかったと言った。

一時間もたたないうちに、荒れた山肌だらけの、グランド・キャニオンのようなところに出た。いたるところに深くえぐられた窪地《くぼち》があり、そこに緑色の水が溜まっている。泉かと思ったが溜まり水であった。

若い夫婦が、その水で羊たちを洗っている。羊はいやがって逃げ廻り、それを日に灼けた細君が追いかけている。

視界の緑はほとんどが大麦で、それ以外は痩せた木だけである。

その荒れた山を下りかけると、養蜂業の一家のテントが増えてきて、ポプラの種は吹雪のようになった。どこを探しても花などない。しかし蜜蜂には、黄土高原のどこかで咲いている花のありかがわかるのであろう。

フーミンちゃんは、地図を見ながら、すでに西蘭公路と呼ばれる国道三一二号線に入っていると教えてくれた。上海と伊寧《いねい》を結ぶ全長四千五百キロの国道である。

五時前に楡中《ゆちゅう》県に入ったが、養蜂業者たちのテントはさらに増え、盆地に入るとふいに溜息をつくほどの菜の花畑がひろがり、数匹の蜜蜂が車内に飛び込んできた。

私たちは車を停めて、菜の花の輝きを眺めた。運転手は、三日前はまだ花は咲いていなかったと言った。

蘭州まであと一時間である。巨大な工業都市・蘭州の人口は三百五十万人。人工衛星から中国の写真を撮っても蘭州だけは写らなかったという。汚染された大気が蘭州の空を厚く覆っているせいなのだ。

何気なく菜の花畑の畦道《あぜみち》に目をやると、工場排水の混じった黒い水が流れている。混じった、というよりも、工場排水そのもののように見える。

「これは大変なことになるぞ」

と私はフーミンちゃんに言った。

「とんでもない公害が、人間の体を無茶苦茶にするぞ。この水は猛毒や」

「大丈夫。蘭州ナンテ、中国大陸ノナカノ小サナホクロデス」

「天安門《てんあんもん》事件のとき、鄧小平《とうしょうへい》が言ったらしいよね。天安門で百万人が死んでも、中国ではたいしたことではないって」

そう口にしたが、私はその言葉を鄧小平から直接聞いたわけではない。いつのまにか私は、自分が実際に見たもの聞いたもの以外は信じないようになった。たとえ周りの者から「あの人はこんなことを言った」と教えられても、私は信じないのである。

作家という職業について以来、さまざまな毀誉褒貶《きよほうへん》がつきまとうようになり、誤解や中傷も数多くあった。

言いもしないことを言ったと言われ、してもいないことをしたと言われることなど日常茶飯事である。

そのときどきで悩んだり悔しい思いをしているうちに、いつのまにか私は平気になってしまった。平気になると同時に、私は自分もまた、自分が見たもの聞いたもの以外は信じないと決めたのだった。

だいたいご注進に及ぶ輩《やから》は気をつけなければならないのである。

「あの人、あんたのことをこんなふうに悪うに言うとりましたで」

と親切そうに耳打ちするやつが一番危ない。そのような連中の言葉をまにうけて滅んでいった国や一族や組織の夥しさを、歴史は克明に私たちに教えている。

映画『ゴッドファーザー』のビト・コルレオーネは息子にこう教えた。

「相手の立場になって考えてみろ」

頼んでもいないのに争い事の仲介役を買って出るやつこそ裏切り者だと教えたのだ。

「蘭州名物・牛肉麺を食おう」

私はそう言ったが、下痢の後遺症がつづいているのか、誰も返事をしなかった。

天水を出発して三百四十キロ。中国でも屈指の工業都市・蘭州に着いたのは夕方の五時である。

「アレガ蘭州デス」

とフーミンちゃんに教えられるまでもなく、私たちの行く手にはふいに何十本もの工場の煙突があらわれ、夕日とは異なる朱色の空と大気が立ちはだかった。

「この空気、吸わなきゃいけないんだなァ」

私は誰に言うともなくつぶやいた。昔、重症の結核にかかり、二年間の療養生活をおくったことがあるので、一種の本能のように、私は空気の汚れに敏感になってしまった。空気の汚れに関しての嗅覚は、自分でも神経質すぎると感じるほどで、家人に至っては〈異常だ〉とさえ言う。

とりわけ排気ガスと食べ物の匂いと煙草の匂いがかすかに匂うだけでも眠れないのである。

そのくせ、煙草は一日に三十本ほど吸う。煙草を吸うことと、部屋にこもった煙を吸うこととは、私にとってはまったく別の意味を持っているのだが、他人から見れば、

「それなら煙草をやめればいいのに」

とあきれられるだけなのだ。

蘭州の街に入ると、煤煙《ばいえん》の匂いは喉に沁みて、プラスチックが不完全燃焼している刺

激臭が沈殿している。

これまでの黄土高原の寒村のたたずまいが幻のような気がするくらい、人間がひしめきあい、車やバイクのクラクションが鳴り響き、交通警官は至るところで交通整理している。

そしてここでも、車は左右前方を確認せず疾走してくるし、人間も自転車も、そんなことは意に介さず、

「轢クナラ轢クヨロシ。私、ヨケナイコトアルヨ」

と泰然自若と自分のペースを守り通すのである。

人権問題でアメリカに抗議されたとき、中国の政治家はこう答えた。

「我々は五千年間このやり方でやってきた」

これは同席した記者から直接聞いたのである。私ならさらにこうつづけるであろう。

「アメリカに人権云々を教えられるのは笑止千万だ。アメリカは先住民を殺して、彼等の地を略奪し、アフリカから黒人を鎖でつないでつれて来て奴隷としてこき使い、世界で初めて、大量の人間を殺すために広島と長崎に原爆を落としたではないか。いまさらヒューマニズムなどとはちゃんちゃらおかしい」

ホテルまでの道を進むうちに、私は女性の服装が派手になっているのに気づいた。赤や黄や青といった原色のスカートを穿き、同じ色のネッカチーフを巻いていて、化粧も

濃すぎるほどである。

夕刻なので、屋台が準備を始めている。そのほとんどは名物の牛肉麺屋だが、肉饅頭や羊料理の店もある。

「蘭州デハ、トキドキ砂嵐ガ起コリマス」

ホテルにチェック・インしたとき、フーミンちゃんはそう言った。

「マダソンナ時期デハアリマセンガ……」

私は自分の部屋に入り、とりあえずベッドに横たわった。

予定表を見ながら地図をひろげ、あしたの昼過ぎに武威《ぶい》をめざすのだなと思った。囚われの身になった鳩摩羅什《くまらじゅう》が十六年間も幽閉生活をおくった地に、ついにあす私は足を踏み入れるのである。

武威までは予定では二百七十キロ。昼過ぎに蘭州を発っても四時か五時には着くであろう。

そんなことを考えながら、顔を洗おうと洗面所に行きかけると、突然、窓ガラスが音を立てた。それも生半可な音ではない。窓ガラスのすべてにひびが入ったような音であった。

私は驚いて窓のほうを振り返った。ほんの二、三秒前まで見えていた建物が見えなくなり、視界は濃い黄土色で覆われて、太陽の光はどこにもない。

それは砂嵐であった。何の前ぶれもなく、蘭州の街は砂嵐にのみ込まれていた。

私は窓に顔をくっつけ、カメラのシャッターを押した。風が弱まるたびに、着ている服を頭巾代わりにして、身を屈《かが》めている人の姿が見えた。

私は、隣の部屋に行きハシくんとダイに、

「おい、砂嵐や!!」

と叫んだ。

二人もすでに異変に気づいていて、呆気《あっけ》にとられて窓外を見つめていた。

「気にもかけんと自転車を漕いでるおっさんがいてる……」

とダイが言った。

カメラを持ったハヤトくんがやって来て、

「撮ろうとしたときには、ほとんどおさまっちまって……」

と言った。

「撮っても、ただの茶色だけの画像だろうな。これが砂嵐だって言っても、へえ、茶色だけじゃないかって笑われますよね」

ハヤトくんは残念そうだった。

十五分もすると、砂嵐は完全におさまって、砂をかぶったポプラは揺れながら生気を取り戻した。

「一瞬に襲って来るってのは、恐ろしいな。こんなのが砂漠で起こったら、もうお手上げや」

私はそう言って自分の部屋に戻り、『東トルキスタン文明』という本をひらいた。

東トルキスタンについて勉強しなければならない。それは、とりもなおさず、日本人という民族の氏素姓をひもとくことになる。我々は何者なのか。我々は往古から、いったい何に価値をおいてきたのか。我々は、いかなる生き方を求めてきたのか。

読んでいるうちに、なぜか、漢民族は基本的に血のつながりを重視しないのではないかという考えにとらわれ始めた。そのようなことを考えたのは初めてだったので、突然の砂嵐が私のなかに妙な電磁波をもたらしたのかと思ったほどである。

東トルキスタン文明の歴史をひもといているうちに、なぜ漢民族が血のつながりを重視しないと考えたのか、私にはわからない。

それは一瞬の勘のようなものであって、専門の史家や民俗学者は鼻で笑うかもしれない。

私の勘についての分析は、これから旅をつづけていくなかで、説明ではなく描写でつづりたいと思うが、はたしてうまくいくかどうか……。

往古より西域へ向かう者は、ことごとく蘭州を通らなければならなかった。蘭州を避けて異域の地を踏むことはできなかったし、その逆も不可能だったのである。

そのことは『史記《しき》』にも記されているし、玄奘《げんじよう》の『大唐西域記《だいとうせいいきき》』にも触れられている。

人々は、ペルシャ世界やヨーロッパから、絹だけでなく、じつにさまざまなものを求めるためにシルクロードへ踏み込んでいく。生きて帰れるかどうかわからない旅に駆りたてるものが、つまるところ富に代わるものであったことを思うとき、シルクロードは欲望と覇権の道であったといえる。

しかし、それらのなかには、絹でもなく毛皮でもなく香辛料でもなく、異国の美女や奴隷や武器や宝石でもなく、〈徳〉と〈知識〉を得るために命を賭けた人々もいたのである。

蘭州の地に立ち、黄河を渡り、河西回廊へと踏み出す者は、己の属する国に二度と帰れないことを覚悟したであろう。もし帰ることができたら、それは僥倖《ぎようこう》を超えて、奇跡というしかない。それでもなお進もうとする者にとって、家族とは何であったのか。妻や子とは何であったのか。

当然のことながら、現代の時間と千数百年前の時間とは流れ方が異なる。一日は二十四時間であっても、その密度は異次元のそれに等しい。思考する時間は、現代を一とするなら往古は百にも千にも匹敵したにちがいない。

しかし、だからこそ時間的観念の量は、逆に往古の十年を一とするなら、現代は百にも千にもちらばってしまう。厖大な時間は、現代とは相反して瞬間であったのである。この永遠と瞬間の観念的パラドックスが、現代人から〈徳〉を奪ったとはいえないだろうか。

めまぐるしい時の経緯は、現代人に、部分を知るために全体を思考する余裕と胆力を与えない。部分以外に心を注ぐ思考形態を消し去るのである。「木を見て森を見ず」の精神は、厖大でありながら一瞬でしかない己が寿命を、一瞬にしては厖大ではないかと錯覚したときから始まる。

治癒にいささかでも時間のかかる病気をした人間には、時間も必要欠くべからざる大切な薬であることがわかる。

完治に三年かかると知ってあがいてみても仕方がない。三年……。三年ものあいだ、自分は使いものにならないのか。もう自分はおしまいだ……。たいていの人はそう思うのだが、腹をくくって療養し、三年の時を経れば、三年なんて、なんと短い時間であったことかと思う。

焦る……。これが現代という時代のひとつの病根である。時の流れ方に対する処し方から生じる現代の業病だと思う。

子供たちのいじめや悪質な非行化も、本人や周りが焦るために泥沼にはまってしまう。学校なんて、また行きたくなったら行けばいいよ、でいいのである。

バイクでパトカーとカーチェイスをしたいのか。三十年ほどやってりゃいいよ。そのうち、いやになるだろう、でいいのである。

〈待つ〉。〈待ってあげる〉。胆力のない現代には、そんなことすらできない。

十八歳で高校を卒業し、いい大学に進まなければならないと誰が決めたのか。自分はやっと三十歳になって数学の一次方程式がわかりかけてきたので、つまり自分の脳味噌は、みんなが十六歳でわかることが三十歳にならなければ理解できないので、三十歳になって大学をめざしたくなった。妻も子もいるが、時間をやりくりして、八年かかって卒業しようと思う……。

どういうわけか自分は小さいときから蜘蛛《くも》に興味があったので、大学では蜘蛛について勉強するつもりだ。蜘蛛のことを学んだとて、自分の仕事とどうにもつながりようはないのだが……。それでいいではないか。

蜘蛛を知ることで、その人は人生に刺さっていく何かを得るはずだ。

それが、やがて何等《なんら》かの〈徳〉をその人の仕事にもたらしていくであろう。〈徳〉と〈胆力〉の時代が必ずやってくる。いや、私はすでに始まっていると思う。

速すぎる時間の渦に疲れた人は、蘭州の白塔山公園から眼下の黄河を見つめ、河西回廊からシルクロードをのぞむ方向に顔を向ければいい。自分にまだこの世での使命が残っているなら、ロバに揺られてそのうちクチャに着くだろうと思ってみるのはいいことだ。

どのくらいかかるかな。一ヵ月、いや二ヵ月……。途中で病気になるかもしれないから半年……。まあ、そのうち着くだろう。

タクラマカン砂漠の夜は長いぞ。テレビもラジオもない。星と砂だけの夜、ひとりで考えることといえば、さしずめ、自分は何のために生まれてきたのかということくらいだ。生とは何か、死とは何かについても、ない頭で考え込んでみたりもするだろう。

若いころの失恋を思い出して、また泣くかもしれない。この砂の下の、数千年にわたって死んできた人々の骨の数を思うかもしれない。女房のことを思いだして、帰ったら、お前をどんなに好きかを、知っているすべての愛情の言葉を使ってまくしたてたくなるかもしれない……。

永遠と一瞬を知るというのは、そういうことでもある。


翌朝はさらに気温があがった。みんなの下痢はひとまずなりを潜めて、体の芯に疲れは感じているものの、見た目は元気で、黄河のほとりにある白塔山公園の長い急な階段をさほど苦にも思わずのぼった。

この日は児童節で、赤いネッカチーフを首に巻いた小学生たちが式典に参加して楽器を鳴らし、もっと小さな子供たちは親につれられて遊戯場で遊んでいる。児童節は、日本でいうところのこどもの日である。

私たちが子供のころ、デパートの屋上にあったのと同じ遊戯機が、石の階段のところどころに設置されている。コインを入れると動きだす乗り物とか、引き金を引くと光が出て、猛獣が吠《ほ》えたりする。子供たちはそこから離れようとはしない。

白塔山公園のもっとも高い場所に腰をおろして、私たちは黄河を見おろした。黄河は五千四百六十四キロメートル。黄河の源がいったいどこなのかを往古の人々は知らなかった。

ある者は崑崙《こんろん》山脈の麓のどこかだと説をとなえ、ある者はロプ湖の水が砂漠の底を流れて来て、それが黄河になるととなえた。

とりわけ、二千年前に張騫《ちょうけん》という人がとなえたロプ湖水伏流説は、黄河の神秘性と重なって人々に信じられた。

しかし、一八八三年から一八八五年にかけて黄河の水源を探ったロシアの探検家、ニコライ・ミカイルヴィッチ・プルジェワリスキーは、幾つかの科学的根拠をもって張騫の説をくつがえした。

井上靖氏は『崑崙の玉』（文春文庫刊）の最後でこう書いている。

――現在、誰もロプ湖の水と黄河の水とが繋がっているという話は、古代の説話としてしか受け取らないが、実に二千年近く、この説話は、ある者には否定され、ある者には肯定され、中国の歴史の中を生きて流れていたのである。——ロプ湖とは、タクラマカン砂漠のなかにある〈さまよえる湖〉と呼ばれるロプノールのことである。

湖が砂漠のあちこちを移動するなどということも長く信じられることがなかったが、移動性砂漠の仕組みを知ると、なるほどと納得する。砂漠は日夜動いているのだが、どうやって動くのかは、私がそこに多少なりとも足を踏み入れてみなければ実感できないであろう。きのうの、時間にしてわずか十分かそこいらの砂嵐でさえ度胆を抜かれたのだから。

白塔山公園周辺の屋台は、みな白い帽子をかぶった回族の人々が営んでいる。天水から西へ西へと進むごとに、回族の人々の目鼻立ちは彫りが深くなっていく。

昼食は待望の牛肉麵を食べることにして、私たちは繁華街に向かった。

交通警官が駐車違反の車に紙を貼り、運転手に罰金を払えと要求している。それも、あっちこっちで。日本と違って交通違反の罰金はその場で支払うらしい。

運転手たちは、警官のポケットにワイロをねじ込んだり、外国煙草を渡して許してもらおうとしているが、警官は受け取らない。衆人環視の前では、いくらなんでも受け取れないであろう。

しかし、白昼堂々と、多くの人々が見ているところでワイロを渡そうとするのは、いまの中国社会では、ワイロはほとんど公然化していることを意味している。

庶民のレベルでは煙草であっても、もっと大きな権力のところでは、大金が乱れ飛んでいるのであろう。

一九八三年に、当時の副主席が人民大会堂で私たちにこう言った。

「我々は前《チエン》を求めるあまり、銭《チエン》ばかり追うようになった」

その副主席は、前進の前と銭とが中国語で同じ発音であるのをもじってそう言ったのだった。

「我々はそのもっとも顕著な例をお隣の国から学んでいます」

と彼はつづけた。

「若者の経済的豊かさと精神的豊かさとは常に拮抗《きっこう》することも、お隣の国から学びました。そこで、日本の若い作家である宮本輝先生《クオンペンフエイシエンシエイ》に、その問題をどう解決したらいいのか御教示賜りたい」

その場には中継のためのテレビ・カメラも入っていた。私は答えることができなくて、

「子供のときに食べた杏仁《あんにん》豆腐がおいしかった。杏仁豆腐を食べるたびに、父は中国民族の精神的大きさを語ってくれた。中国の若者たちに杏仁豆腐をたくさん食べさせたらいかがか」

と言った。

八十歳に近い副主席は顔をくしゃくしゃにして笑い、

「好《ハオ》」

と言って私に向かって人差し指を立てた。

いま思い出しても、冷や汗が出そうになるやりとりで、私は恥ずかしくてたまらない。


牛肉麺は期待していたほどにはおいしくなかった。観光客相手の店だったせいか、派手な制服を着た若いウェイトレスが、絶えずグラスにビールをつぐ。グラスのビールが一センチ減っても、そこにつぎ足すのだった。

そのつぎ方も、ビール壜《びん》の口をグラスの縁に載せて、グラスを倒さないよう静かにつぐ。なにもそんなつぎ方をしなくてもと思うのだが、それがその店のやり方で、そうしないとウェイトレスはあとで叱られるのであろう。

私はそう思って、ビールはグラスが空になってからついでくれと言うことができなかった。それで、神経は常にウェイトレスの持つビール壜に注がれて、牛肉麺の味を吟味する余裕がなかったのである。

「私、麺キライ」

フーミンちゃんは細い麺と太い麺の二種類をたいらげてから、

「私、米タベナイト力デナイ」

と言った。

武威に向けて出発すると、すぐに蘭州郊外の黄河を渡った。そのあたりから蘭州の市街地を振り返ると、炎を噴きあげつづける煙筒を遠くに見ることができた。それほど大きくはないが、蘭州には油田があり、炎はそこに突き立つ煙筒から出ている。

黄河は黒く汚れ、油の匂いがする。鈍い光を放つ油膜が黄河の川面を覆っていて、乾燥した空気のなかをコールタールの強い匂いが漂っている。黄土を掘って、そこでコールタールを作る作業員が、全身をコールタールまみれにして働いている。おそらく現場の気温は五十度を超えているであろう。

蘭州とウルムチを結ぶ蘭新《らんしん》鉄道の踏切を渡るとき、フーミンちゃんは、西側の祁連《きれん》山脈の烏鞘嶺《うしようれい》という峠を越えたところからが河西回廊になると説明してくれた。その標高四千三百メートルの峠を越える以外に、河西回廊に入る道はないのである。

河西回廊はシルクロードのなかでも最も豊かな地である。標高が高いので涼しくて、祁連山脈の雪解け水に恵まれて水量も豊富なので、馬や羊やヤクなどの放牧地としても適しているらしい。

「五千メートルのクンジュラブ峠を越えるための体力的リハーサルになるね」

と私は言った。

「ぼくは高山病に弱いんですよ。山登りは好きなんだけど、体質的に高山病にかかりやすくて」

とハヤトくんは心配そうに言った。

「烏鞘嶺の四千三百メートルでも相当なもんですよね。日本の富士山のてっぺんより高いんだから」

ワリちゃんはしきりに腕時計に装備されている高度計に目をやりながらそう言った。

たしかに標高は少しずつ高くなりつつあった。緑が濃くなってきて、西のほうに見える祁連山脈の尖《とが》った峰々には雪がかぶっているところもある。

田園地帯に入ると、羊飼いの男がどこからともなくあらわれた。夜が明けると、羊たちを草の豊かなところにつれて行き、日が落ちると家に帰る。

昔、ルーマニアの大平原を旅したときも、羊飼いは、ふいに平原のどこかからあらわれ、どこかへと去って行った。羊飼いはみな無表情で、平原で出会う旅行者にいささかの興味も示さない。旅人を物体か何かを見るような目で一瞥《いちべつ》する。

それはよそ者を毛嫌いしている目でもないし、警戒している目でもない。かといって傲慢でも不遜でもない目を地面に落としたり、列から外れる羊を油断なく追っているのである。

一日中、広大な平野を歩き、風に吹かれつづける生活のなかにいると、人間は自分までが荒野や風のようになってしまうのかもしれない。

どんな人間や光景と遭遇しようとも、自分は関係ない。自分は荒野であり風なのだから、ただその前を通りすぎるだけだ……。そんな処し方が身についてしまったのか、あるいは、出会った人間をも荒野や風のようにしか思わないのか……。

途中、小さな池があり、そこで釣り人たちが釣り糸を垂れていた。深さは一メートルあるかないかの池で、なんだか雨の水が溜まってできたただの水溜まりのように見えた。

演題は忘れたが、私はある落語を思い出した。

ひとりの男が朝から釣り糸を垂れている。通りがかった男も、ずっと朝から見物して立ち去ろうとしない。魚はいっこうに釣れない。それなのに、通りがかりの男は、

「釣れますか？」

と訊く。訊くまでもない、お前、朝からずっと見てるんじゃないか。釣り人はそう思いながらも、

「まったく釣れませんなァ」

と答える。すると通りがかりの男は納得したように、

「そうでしょうなァ。きのうの雨で溜まったんですから」

と言うのである。

その落語をわかりやすいようにフーミンちゃんに説明したが、フーミンちゃんは何の反応も示さず、針に餌をつけている男に話しかけた。

「何が釣れるんだ？」

「魚だ」

男はうんざりした表情で応じた。

「どんな魚だ？」

「水のなかで泳ぐ魚だ」

「お前、俺にケンカを売ってるのか？」

「ケンカを売ってきたのはそっちだろう。俺がここで太極拳をやってるとでも思ってるのか」

二人のあいだでは、このようなやりとりがあったそうである。

「コイツ、イナカ者。礼儀ヲ知ラナイネ。煙草ヤラナイ」

フーミンちゃんは、わざとらしく空の煙草の箱を男の近くに捨てた。

男とフーミンちゃんのやりとりの途中で笑いだした私は、煙草の空箱を投げ捨てたフーミンちゃんの表情がおかしくて、池の縁にしゃがみ込んで笑った。

男は、私に中国語で言った。

「あっちへ行け」

かなり怒っている。

「行キマショウ。コンナ馬鹿、相手ニシテハイケナイネ」

フーミンちゃんが私の肩を叩《たた》いたとき、男の釣り糸に白い魚がかかった。

フーミンちゃんは男に何か言って車に戻った。私は車が走りだしてから、何を言ったのかと訊いた。

「泳ゲナイ魚ダカラ、オマエニモ釣レタンダト言ッテヤリマシタ。アイツ、馬鹿。馬鹿トケンカスルノハ馬鹿」

私がまた笑いだしたので、フーミンちゃんは機嫌を悪くして、西安以来、胸にわだかまっていた不満をぶちまけたのである。

西安滞在中から、フーミンちゃんは一度ならず、深刻な表情で、

「何カ問題ガアリマシタラ、私ニ言ッテクダサイ」

と言いつづけてきた。それも疑い深い目で私たちを見つめながら言うのである。

何も問題はないと答えると、

「不満ガアッテモ、私ニ言ッテクダサイ」

としつこく繰り返す。

問題も不満もないわけではない。それどころか、問題と不満だらけである。

しかしそれらは、この国や地域を旅する者たちにとっては避けられないことで、フーミンちゃんに訴えたところで何がどう解決するものでもない。たとえば異国で、料理の味が口に合わないと文句を言うのはわがままな子供よりもレベルが低いし、もっと早く目的地に着かないかとせきたてるのは非道な暴君くらいのものであろう。

だから、私たちはいつもフーミンちゃんにそう言われても、

「何も問題もないし不満もない」

と答えてきたのである。

だが、フーミンちゃんは、走りだした車のなかで、

「皆サンハ嘘ツキ。皆サンハ、私ヲ疑ッテマス。私、信ジテモラッテナイネ」

と言いだしたのだった。

いったい私たちのいかなるところが、このフーミンちゃんにそのような猜疑心《さいぎしん》を抱かせてきたのだろう。

クンジュラブ峠を一緒に越えてくれる大切なガイドといささかも心理的な葛藤を起こさないでおこうと話し合って、私たちはその点に関しては逆に遠慮深すぎるほどに自分を律してきたのである。

話を聞いてみると、フーミンちゃんの胸にわだかまってきたものの原因は、あまりに

も単純で、かえって考え込まされてしまった。

私たちは、日常、会話を交わすとき、たいした意味もなく多用する語句がある。ひとつは、

「えっ、ほんと？」

という言葉であり、もうひとつは、

「ウッソー」

という言葉である。

「あしたは朝八時に出発だよ」

「へえ、ほんとォ。オッケー、わかったわかった」

とか、

「カメラの調子が悪くて、ちゃんと写ってるかどうか心配でね」

「えっ、ウッソー。大丈夫だと思うなァ」

とか……。例をあげればきりがない。

だがフーミンちゃんは、そのたいして意味のない感動詞的、もしくは会話のリズム的な語句を、まさしくそのままの日本語として理解してしまい、何かにつけて自分は疑われていると思い込んできたのだった。

「モウアト三十分ホドデ蘭州ニ着キマス」

「ああ、ほんとォ。意外に早く着いたな」

「人口ハ三百五十万人デスネ」

「ウッソー。富山県の人口より多いな」

そのたびに、フーミンちゃんは胸のなかで、こいつらは俺の言ってることを何から何まで信じてないんだ、きっとうまくもないのにうまいと言ったり、疲れてないのに疲れたなんて言ってやがるにちがいない、クソォ、俺のどこが信じられないってんだ、信じられないのなら信じられないと言えばいいじゃねェか……。そう思いつづけてきたのであろう。

私とワリちゃんは、私たちが使う「ほんとォ」と「ウッソー」にはたいした意味はなく、実際に相手を疑っているのではないのだと納得させるのに骨を折った。フーミンちゃんの猜疑心は根強くて、そんな私たちの説明まで疑ってかかるからだった。

「日本人の他の旅行者も使わないか?」

と私は訊いた。

「使ッテタカモシレナイケド、気ニナラナカッタ。デモ、コンドノ旅行ハ長イカラ、疑ワレツヅケルノハ、トテモ疲レマス」

フーミンちゃんは、そう言って、私に煙草を勧め、自転車に乗っている若い女性を指差した。

並んでいる。

「チベット族。天祝《てんしゅく》県ハチベット自治区ガアリマス」と言った。丘には、かつての金鉱の跡があり、掘りつくして残った穴ばかりが山肌に並んでいる。

チベット民族と漢民族は、肌の色が幾分異なるが、容貌だけでは私たちには区別がつかない。しかし、女性の服やスカーフは色鮮やかで、髪飾りも派手である。

黄土の丘はまだつづいているが、風は涼しくて、黄土の広野には漢の時代に築かれた長城の跡が残されている。

私は寒くなってきてセーターを着た。

黄土高原が終わりかけ、緑豊かな農村で畑を耕すヤクの姿が多くなると、チベット人の農民の数も増えた。

不毛な丘の麓に幅広い川が見えてきて、ポプラの種が舞っている。地図を見ると、川は金強河と名づけられていた。

すでに標高は二千五百メートルを超えている。

五時半に、私たちは烏鞘嶺の峠を越えた。車の窓を閉めないと寒くてたまらない。峠からは一気に下るのみで、景観はこれまでとまるで異なり、ただ遥《はる》かな山々と緑、放牧中の羊やヤク、それに大きな土くれにしか見えない長城跡が窓外を流れていく。

長城は、往古の為政者が、いかに匈奴《きょうど》の侵略を恐れたかの証しである。匈奴をモンゴル人とする説もあるが、正しくはモンゴル地方に住んでいたトルコ族の一派である。

かつて、この広大な異域に国境などなかった。強い者が奪った土地が国になり、それはさらに強い者に奪われて別の名の国になった。人々がその国の名をおぼえる前に滅びていった国も数多い。

私たちは双塔という村で車を停め、しばらく休憩した。武威まではあと一時間ほどである。

〈河西回廊〉――この言葉を初めて耳にしたのは十三歳のときだった。

中学の社会科の先生が、奈良の法隆寺《ほうりゅうじ》のことを話した際、シルクロードという言葉と一緒に河西回廊という語句も使ったのだった。

そのとき先生は、ただそのように呼ばれている場所があると教えてくれたにすぎなかったが、なぜか十三歳の私には、河西回廊という四文字が、幽玄で神秘的な響きをもって心に残ったのである。

河の西にある回廊……。河とは黄河のことだが、おそらく荒涼とした砂漠の間近にあるその場所が、なぜ回廊と名づけられたのであろう……。

私は、国語辞典で〈回廊〉の意味をしらべてみた。そこには、建物をぐるりと囲み、折れ曲がって長くつづく廊下と説明されてあった。

だから当時の私は、シルクロードにある河西回廊は、回り廊下のような形状で、何かをぐるりと取り囲んでいる場所なのだと思い込んでしまった。

しかし、大学生のとき、ヨーロッパに〈ポーランド回廊〉と呼ばれる地帯があることを知った。

そこは第一次大戦後、ベルサイユ条約によってポーランド領に編入された旧ドイツ領のなかで、ドイツ本国と東プロイセンとのあいだに挟まれた地帯のことである。

何かと何かに挟まれて、属する国が政治的に転変する地域を回廊と呼ぶならば、河西回廊は、まことにその名にふさわしい。

南西に延々とつづく祁連山脈と、北東にシベリアからの風が入り込むテンゲル砂漠に挟まれ、戦国や秦の時代には月氏《げっし》が活躍し、西漢の時代には匈奴が支配した河西回廊一帯は、いつの時代にあっても、めまぐるしく属領としての立場を変えなければならなかったであろう。

政治的につねに宙に浮く宿命を持った地帯としてだけでなく、前後を不毛のゴビ灘《タン》と黄土高原にも挟まれた河西回廊は、その広大な豊饒《ほうじょう》さで旅人を幻惑し、絶え間なくさまよわせることによって、回廊という呼び名をみずから得たともいえる。

その河西回廊のど真ん中を、いま私は武威に向かって進んでいる。

鳩摩羅什が、三十五歳のときから五十一歳まで、もっとも男盛りで働き盛りの時代に、呂光《りょこう》によって囚われの身となり、約十六年間も幽閉生活を余儀なくされたかつての涼《りょう》州《しゅう》に足を踏み入れようとしているのだった。

そこには何があるだろう。羅什の時代からはるか千六百年以上もたち、武威もその周辺も、すべてが変貌してしまっているにちがいないが、それでも何かが残っているはずだ。

遺跡や記念の塔など、私にはどうでもいい。そんなものは、抜け殻だ。考古学者は、その抜け殻から生あるものを取りだすのであろうが、小説家の私にはそんな学識はない。私は〈感じる〉ことしかできない。〈感じる〉という能力においては、私は狂人である。

この〈感じる〉ということについて、少し書いておきたいことがある。

小林秀雄《こばやしひでお》が、『徒然草《つれづれぐさ》』の第四十段を引用した文章がある。

――因幡国《いなばのくに》に、何の入道とかやいふ者の娘、かたちよしと聞きて、人あまた言ひわたりけれども、この娘、ただ栗《くり》をのみ食ひて、更に米《よね》のたぐひを食はざりければ、「かかる異様《ことやう》のもの、人に見ゆべきにあらず」とて、親許さざりけり。――

小林秀雄は、この有名な文章を受けて、こう書いている。

――これは珍談ではない。徒然なる心が、どんなに沢山な事を感じ、どんなに沢山な事を言わずに我慢したか。——

（『モオツァルト・無常という事』新潮文庫刊）

私は長いあいだこの文章の深意がわからなかった。吉《よし》田《だ》兼好《けんこう》が何を言いたかったのか、小林秀雄のこの文章はどういうことだったのか。

『徒然草』を現代語に訳すことは簡単である。

——因幡国にいたなんとかの入道という者の娘が大変に美しいと聞いて、多くの人たちが求婚したけれども、この娘は、ただ栗の実だけを食べて、他の米穀の類をいっさい食べなかったので、「こんな異様な娘は人に嫁ぐべきではない」と言って、親は結婚を許さなかった。——

ただそれだけのことである。けれども小林秀雄は、「ただそれだけのこと」ではないと言い、結びの文章へとつないでいる。

私がこの『徒然草』第四十段と小林秀雄の文章を理解したのは、つい最近のことで、ひさしぶりに『徒然草』を読み返しているときだった。

その人間が、たとえどれほど頭が良くても、容姿が端麗であっても、世の中の常識からあまりにも外れた行いをしたり、不自然なふるまいをする者は、それがわずかひとつの行為であっても、気をつけなければならないし、できれば、おつきあいしないほうがいいと、徒然なる心は文章の行間に秘めたのである。けれども、そのことを言わずに我慢した。

〈感じる〉という能力においていかに狂人であっても、私が常識を逸脱した行為をやり始めたら、私は小説が書けなくなるであろう。

人間として不自然な部分（それは肉体的欠陥ではない）を持つ人は、必ずその部分が他の部分にも枝葉を伸ばすものであることを知らねばならない。

蛇足ながら、十三歳のとき、国語辞典で回廊の意味をしらべているとき、私は〈百年河清を待つ〉という中国の諺《ことわざ》を知った。

どれだけ長くまってもどうしようもないことを、黄河が清く澄むのを百年まつのに等しいと譬《たと》えたそうである。

粟の実しか食べない娘に、どれだけ米や麦を食べさせても、彼女は結局、粟の実を食べつづけるようになるであろう。それを、「どうしようもない生命の傾向性」という。

羅什が東方に伝えようとしたものは、このどうしようもない生命の傾向性を、その人にとって善なるものへと転化する方法であったのだ。それは、なぜ東方であったのか……。

西安を出てから気づいていたが、ついうっかりと触れなかったことがある。

それは、集落があるところにはたいていビリヤード台が置かれていることだ。

いわゆる〈ポケット〉というゲーム台で、雨に濡れないように屋根とかすだれがいい上にあるところに置いてあって、台も決して水平とはいえないが、いちおうビリヤードのゲームが成立できる状態にはなっている。

この国では、ゲームに金を賭けるのは御法度だが、そのあたりは庶民のしたたかさで、うまいやり方があるのであろう。

そのビリヤード台が何台かある集落に入る前には、必ずポプラ並木が茂っている。ポプラ並木は、集落、もしくは村、もしくは、もう少し大きな村、もしくは町、あるいは県、あるいは市への通過点であって、ポプラ並木なしに、人間の住む地域にふいに入ってしまったりはしない。

ポプラは暑さ寒さに強く、旱魃《かんばつ》に強いので、ポプラの植樹こそが砂漠の侵食に勝つ方法だという。そして、それはなにも近代に入って人間どもが発見したことではなく、古来から知られていた知識なのである。

河西回廊のなかでは、私たちはポプラ並木に感動したりはしない。もし感動するとすれば、その長さだけであって、感動は感謝に移行することはなく、ああ、もうじき集落があるのだなと知る道しるべとして認識するだけである。

しかし、河西回廊を進むにつれて、延々とつづくポプラ並木を見ているうちに、私は、暑さをしのぐためにも、寒風から身を守るためにも、ポプラの葉以上にやすらぐものはないと感じるようになった。

ポプラの木の下で死んだように臥して、時計を止めて休みたい。そうしていれば、やがて元気を取り戻すであろう。

元気を取り戻したら、また歩きだそう……。元気を取り戻すための木陰として、ポプラ以外に豊かなものは、ほかにそうたくさんあろうとは思えない。

ゴビ灘の地帯が迫ってくるのを私は生理的に感じているのか、ポプラの茂りを、妙にありがたく思い始め、それにつれて、集落のいかにも手製といったビリヤード台の存在に気持が傾き始めた。

私にビリヤードを最初に教えてくれたのは父であった。

父は、ビリヤードは数学だと言った。数学のなかでも幾何学であり、球面で球面を打ちつけて、それを点に変え、こんどは点を平面に打ちつけて、はね返る角度を計算するのだと。

つまり、球面と球面、もしくは球面と平面が当たる際の角度の方程式を知ることがビリヤードの原則である。

野球は、球面と球面のゲームといってもいい。バットも球面で、ボールも球面である。だが、たとえばテニスやゴルフはそうではない。ラケットもクラブも平面、ボールは球面というわけだ。

球面と球面がぶつかる瞬間、その接点はただの〈点〉だが、球面と平面が当たるときは〈点〉ではなく〈面〉となる。〈点〉が〈点〉とぶつかると、理論的にはその片方の停止している球面の中心部と当たってきた球面の中心部は百八十度の方向に離れていく。これが原則であって、幾何学というわけになる。

両方の球面にどんなに複雑な回転がかかっていようとも、当たる部分は点なので、つまり、わかりやすく図で説明すると、次のようになる。

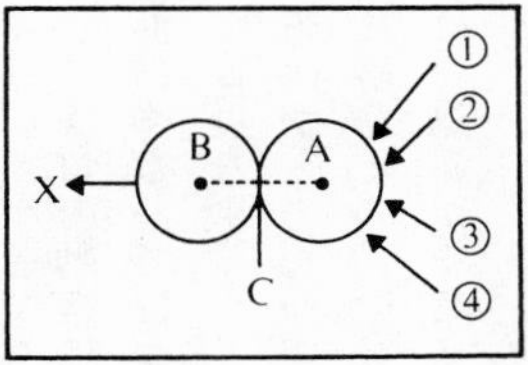

Aの球がどの方向から進んできてもBの球に当たると、その進んできた線上とは関係なく、接点Cを中心にして、Bの球は正確に百八十度の方向に押し出される。これは不

動である。

ビリヤードのキューも球面、ボールも球面だから、この不動の原則によって動くが、ビリヤードは長方形の台のなかで行われるので、動いている球は平面のクッションに当たって、そこで異質の動きに変じる。

球面が平面に当たってはね返るときの動きは球面の回転や速度によって千変万化なので、きわめて高度な数学がその瞬間に生じている。

Aが①の方向から当たってきても、②や③や④から来ても、BがXへと動くのは、リンゴが地面に落ちるのと同じだが、ビリヤードというゲームは、落ちたリンゴが地面からどっちへはね返るかを考えさせるゲームといってもいい。

この貧しそうな砂漠の周辺に住む青年のなかにも、一個の球面にどんな回転を与えたら、平面のクッションに当たって、自分の思いのままの方向に進ませ得るかの頭脳と数学理論を隠し持っている者がいるかもしれないと、私は思った。

四面のなかで球面を弾《はじ》かせるのがビリヤードならば、東西南北の四面のなかで地獄をもてあそぶのが麻雀というゲームである。

麻雀の牌は合計百三十六個。仏典に記された地獄の数と同じなのだ。

地獄の数と同じ牌を四面の台の上で四人で、おそらく天文学的な数の上がり方で競う麻雀が、中国で考案されたのはじつに示唆的だと思う。

『法華経』宝塔品《ほうとうぼん》に〈四面皆出《しめんかいすい》〉という一句がある。巨大な宝の塔が突然、地から出現するのだが、その塔は球面ではなく四つの面、つまり立方体であったというのである。

それは何を意味していたのか。四面は、生老病死という人生の四苦をあらわしていたのだった。四つの、誰もが逃れられない苦しみを、巨大で荘厳な宝の塔であるとした哲学を、羅什はわかりやすく東方の我々に伝えた。そのことを、なぜ西方ではなく東方に伝えなければならなかったのか……。

この世には、有り得べからざることが起こる。統計的にも理論的にも、決して不可能というわけではないのだが、それでもほとんど奇跡に近いことが起こるのである。

我々にそれを教えてくれるのは、もっとも身近なものではスポーツとギャンブルであろう。

ギャンブルはともかくとして、スポーツの世界でプロフェッショナルがその技術や体力で大きな報酬を得ることができるのは、一種の神業のようなものを、つまりアマチュアがいかに努力をしても出来ないことをやってのけるからだといえる。

アマチュアが逆立ちをしても出来ないことを一見いともたやすくやってみせるからこそ、プロはその道で飯が食えるのである。

その意味では、いまの日本は、まさにプロ不在、アマチュアのプロ化というよりも、アマチュアそのものがえらそうに大手を振って金儲《かねもう》けをしている。

芸能界においては、人気だけのタレントがドラマに出演して、学芸会以下のような演技を観せ、バラエティー番組ごときは、何の芸もない連中がクイズやゲームに興じて、それで出演料を稼いでいるていたらくである。そんな番組を観ている側にこそ問題があるともいえそうだが……。

たとえば、ゴルフの場合、ことしのマスターズの一場面を私は思い浮かべる。

グリーンまで残り二百三十ヤードで手前に池があった。

そのホールのグリーンは小さく、複雑なアンジュレーションで、二百三十ヤードの距離を飛んできたボールがグリーン上で停止するのは理論的には不可能なのだ。

グリーンの手前にボールを着地させ、転がしていく手口は池に邪魔されて通用しない。

そんな場面で、ある世界的プレーヤーは三番アイアンを持った。彼のボールの飛んでいく線上には一本の大木がある。ボールをその木に当てないためには高く上がるボールを打つか、木の横を通って、グリーンの方向へ大きくカーブさせなくてはならない。

けれども、木の上を越える高い球を打てば、ボールはそのぶん飛距離が出ずに池に落ちてしまうし、木の横を狙えば、ボールに回転がかかりすぎてグリーンを大きく越えてしまう。

彼は木の横を狙うほうを選択し、ピンに二メートルのところにボールを停めてみせた。いったいどんな打ち方をしたのか、我々はただ茫然とするばかりである。

解説者は、なぜそれが可能だったのかを理論的に説明してくれるし、ビデオテープも何度も繰り返してそのショットを再現する。

だが、それはもはや神業であって、奇跡のような一打なのである。

それはなにもゴルフだけではない。サッカーでも、バスケットボールでも、ボクシングでも、スキーでも、世界の一流プレーヤーは、アマチュアの我々にそのような一瞬を見せてくれる。

私は小学校二年生のときに麻雀をおぼえた。父が借りたビルの空室をそのままにしておくのも勿体《もったい》ないと思い、そこで雀荘《ジャンそう》を営むようになり、客たちの牌のやりとりをうしろで見ているうちに、だいたいのところをおぼえたのだが、そんな私に、台湾からやって来て神戸で暮らしていた人が、正式に教えてくれたのだった。

その人は、相手が捨てた牌を見て、どんな手作りをしているかを即座に当てた。ほとんど外れることはなかった。

麻雀を知らない人には面白くもなんともないので、そのときの状況を説明しないが、その台湾から来た人は、あるとき、子供の私が考えても断じてあがれない手で待っていた。

「おりるのん？」

私が耳元でそっと訊くと、おりるための牌は持っていないと示す指の動きをやってみせて、私を見て微笑した。

おりるための牌を大事にするやつは必ず負けると、その人は私に教えてくれていたのだった。その絶対的とも思えた保険の牌が、ある局面で命取りになるのが麻雀というものだ、と。

まだ八歳の私に、その人の言葉の意味がわかるはずはなかった。

その人は、あがれない手で、相手がおりる瞬間を待っていた。微妙な心理が四人のなかで火花を散らしていたのであろう。相手のひとりがおりるための準備の牌を捨てたとき、その人は手を変えた。そのことは相手にもわかった。相手は、絶対に待っているはずのない牌を疑いもなく捨てた。それで勝負はついたのだった。

「地獄ね。麻雀は地獄で遊ぶ。自分はいま地獄のなかでのたうっていると思ってないと、麻雀は勝てないね。地獄が一瞬で極楽に変わることがある。私の生まれた蘇州《そしゅう》はとてもいいところ。天に極楽、地に蘇州という言葉があるくらい、いいところ」

その人はそう言って、中国の戦国時代の話をしてくれた。死中に活を求めた者だけが勝ったのだという。

中国の武将の戦術は、麻雀に似ているというのである。だから、麻雀の牌が百三十六個という地獄の数と同じなのは偶然ではないのだ。地獄を一瞬にして極楽に変えるための知力と努力と運がない者は、あの果てしない戦乱の世を生き抜くことができなかったのであろう。

自分のなかに地獄があることを知り、地獄を地獄として生きる……。そのとき、何かが、その地獄を善なる何かに転換する。その〈何か〉とは何か。鳩摩羅什は、そのこともまた東方に伝えようとしたのだった。

第四章
ターパンツィー

屋台を引く夫婦

蘭州《らんしゅう》から武威《ぶい》までの走行距離は二百七十三キロ。武威で一泊する予定の天馬賓館《てんまひんかん》の玄関に着いたのは午後六時半だが、日はまだ高かった。

河西回廊《かせいかいろう》のなかで最も大きな町・武威には、古い土の家と、新興のビルとが入り交じっている。

町の中心部で、天馬賓館の場所がわからず、バイクに乗って通りかかった公安警官に道を訊くと、不親切に手を邪険に振り、

「そんなこと知るかよ」

と言い返されたそうで、フーミンちゃんは、

「アイツ、馬鹿デス」

と怒りの表情で何度も私たちに言った。

「この国の警官は、みんな、えらそうにしてるな。えらそうにしてるやつは、みんな馬鹿やぜ」

私がそう言ってなだめても、フーミンちゃんの怒りはおさまらない。

「馬鹿ノナカデモ、アイツハ特別ノ馬鹿」

「前からの知り合いみたいな言い方ですな。あの警官がどんなに馬鹿か、どうしてわかる？」

「コノ町デハ、馬鹿シカ警官ニ採用シナイト、ガイドブックニ書イテアリマシタ」

「えっ？　ほんと？」

「嘘デス」

そしてフーミンちゃんは、羅什寺塔《らじゆうじとう》を見学するのは無理かもしれないと言った。

鳩摩《くま》羅什の業績を顕彰するために唐の時代に建てられた羅什寺塔は、このシルクロードにおいて、羅什に関して現在残されている数少ない遺跡で、私たちはそれを見たかったのだが、羅什寺塔は刑務所になっているというのだった。

刑務所として使用するほど大きい塔なのかと驚いたが、フーミンちゃんの説明不足で、公安局と刑務所の敷地のなかに羅什寺塔はあるらしい。

「刑務所ニ入ルノハ、トテモ難シイネ」

「そりゃそうだよな。とくに外国人に刑務所の見学なんて許可するはずがないよな」

だが、自分は皆さんに羅什寺塔を見せるべく全力を尽くすとフーミンちゃんは言った。

「また中国四千年のワイロですかね」

ワリちゃんは憮然とした表情で予算を計算しているようだった。

「俺は遺跡なんか、どうでもいいんだ。刑務所の看守にワイロを払ってまで見たいとは思わん。たかが石の塔だ。刑務所なんて、金を払って入るところじゃないぞ」

私はそう言ったが、フーミンちゃんは、地元のガイドがすでに根廻しをしているはずだから、まだあきらめてはいけないと言った。

「残念だけどあきらめたってわけじゃないの。俺は、そんなところに足を踏み入れたくないの」

しかし、フーミンちゃんは、私が遠慮していると思いつづけている。

それにしても、この国の女性服務員の無愛想なのには、いつまでも慣れない。ホテルであろうと、博物館であろうと、女性たちはひとかけらの笑顔も見せない。その人相の悪さには嫌悪すら抱いてしまう。

――笑ってはいけない。笑うのは、昔の帝国主義をなつかしんでいるからだ。泣いてはいけない。泣くのは、これからの共産主義のすばらしさを知らないからだ。――

ベトナムでもカンボジアでも、共産主義が権力を握ったとき、人々にそのような歌をうたわせた。中国でも似たような国民教育がおこなわれたのかと私はフーミンちゃんに何度も訊いたが、フーミンちゃんはそのことに関しては何も答えなかった。

「でも、欧米人には、いやに媚《こ》びた笑顔を見せるんですよね」

ワリちゃんは、天馬賓館の部屋に向かうエレベーターのなかで言った。

「ウイグル族の女は、いい笑顔ですよね。女だけじゃなくて男も。顔立ちの違いだけじゃないみたいな気がして」

たしかに、西へ西へと進むごとに、漢民族の人相が悪くなっていくように感じられる。ハヤトくんも、無意識のうちに、カメラのレンズをウイグル族の人々に向けてしまうという。

「このあたりの漢民族の顔には険があるように見えて……」

ハヤトくんは、自分の部屋に入ると、さっそく洗濯を始めた。

私は、天馬賓館の窓から武威の町を見おろし、その埃まみれの喧騒《けんそう》と、ここが武威なのかどこなのかわからない画一的な四角いビルの居並びと、いやに数の多い公安警官の姿に目をやっているうちに、なぜか烈しい虚しさに包まれてしまった。

自分は、二十年かかって、やっと武威の地を踏んだのだ。それなのに、ここには何もない。たったひとつ残された羅什寺塔が、刑務所のなかだって？　なにもそんなところに刑務所を作らなくてもいいだろう。

もういまとなっては、西安《せいあん》や天水《てんすい》の町のたたずまいも思い出せない。どこもかしこも同じだ。町という町は、それぞれのたたずまいを見事に失くしてしまって、荒地や平原や砂漠よりも、ここでは人間のいるところのほうが不毛なのだ。

人間のいるところ、ことごとくが不毛だ。町という町は、すべて埃と悪臭と悪意とワイロと無表情が横溢《おういつ》している。

俺は二十年かかって、この武威に来たんだぞ。羅什が自由を奪われて、苦節の十六年間をおくったかつての涼州《りょうしゅう》は、こんなにも人間の不毛が埃にまみれている地なのか。ここには何もない。何もないではないか……。

私はシャワーを浴びる気力もなくして、ベッドに横たわった。

前略

二時間前、武威に着きました。西安から武威までの道が、これほどまでに険難な道であろうとは、まったく予想していませんでした。

西安から陸路でパキスタンのガンダーラ地方まで旅をしようと考え始めて以来、シルクロードに関する幾多の資料を読み、写真集やテレビのルポルタージュもできるかぎり見るようにしてきて、私なりの映像は心に築かれていたのですが、そのことごとくは、西安を出発してきょうまでの四日間で、ほとんど壊滅状態になってしまいました。

写真とかテレビ映像というものは、〈事実〉は映しだすが〈真実〉を伝えないといったのは、ハンガリーの著名な映画監督であるサボー・イシュトヴァーンですが、そのささやかな事例が、私たちをかなり精神的に疲れさせています。

映像が伝えないもの、それは音であり、気温であり、匂いであり、微細な砂や埃や毒虫なのですが、そのレンズではとらえきれないものが風土には蔓延《まんえん》していて、それらが風土に固有の生命を与えているのでしょう。

シルクロードもまたそうであることを、私はうっかり忘れていました。

おととし、夏のアラスカに行った際、蚊のすさまじい大群に悲鳴をあげたことを思いだします。

世界中の釣り師が憧れるアラスカは、雪と氷が解け始める五月の終わりには、木々は芽をふき、冷たく澄んだ水が川や湖を満たし、多くの鮭《さけ》たちが帰ってくるのですが、日本の蚊の数倍の毒性を持つ蚊たちも活動を開始します。その数は、言語を絶しているといってもいいでしょう。

私はアラスカ北西部で鮭を釣ったのですが、小型飛行機で他に誰も釣り人のいない湖に降りて五分もたたないうちに、人間の匂いを感知した蚊の大群がどこからともなく集まってきて、露出している肌のあらゆる部分を刺そうと襲い始めました。

あらかじめ噴霧していた蚊除《よ》けスプレーは効果がありました。顔や手や首には、肌がかぶれるくらいスプレーを噴きつけてあったため、蚊はそこに針を刺すことはできませんでした。

ですが、私は二ヵ所だけスプレーの噴きつけを忘れていたのです。耳のなかと頭皮でした。

屈強な蚊たちは、私の髪の毛をかきわけて頭皮のいたるところに針金のような針を刺し、耳の穴に押し寄せて血を吸いました。

頭のかゆさはともかくとして、耳の穴のなかをいやというほど蚊に刺されたあとの、かゆさというよりも、表現のしようのない苦しさを想像できますか?

想像しようにも想像のしようがないといったところでしょうが、私はその夜、両耳の周辺と首のリンパ腺が腫れて、ベッドの上でのたうちまわったものです。

しかし、帰国して、アラスカで撮った写真を見ても、そこに写っているのは、青い空、澄明な日の光、鮭が跳躍する清冽《せいれつ》な川の飛沫《しぶき》、深い森と湖ばかりで、たしかにそこにいるはずの蚊の大群も、そのいまわしい羽音も伝わってはきませんでした。

私がアラスカの蚊のすさまじさをどれほど説明しても、写真を見た人は、

「あなたは神経質だし、とりわけ蚊に弱い体質なんでしょうね」

そう言って、とりあってはくれないのです。


これまで私のなかで創られていたシルクロードの映像も、実際にその地に足を踏み入れると、そこに風の音や街の悪臭や、いつのまにか毛穴にまで入りこんでいる砂埃や、人々から放出されるさまざまな磁力や、蚊や蝿の大群によって、まるで異なった映像へと変貌してしまいました。

シルクロードというものをロマンチックに伝えやがったのは、どこのどいつだと怒鳴

りたい気分です。

このあたりの人々の人相の悪さの根本には、人間を支配したいというとてつもない情欲の歴史を感じてしまうほどです。

その支配欲は、たんなる権益や物欲を超えたところにあって、それはもはや、やむにやまれぬ快楽と化しているのではないかとさえ考えてしまいます。

理性や倫理観などでは制御できない快楽の世界からの誘《いざな》いが、支配欲をあやっているとすれば、それはなにもこの地の人々だけのものではなく、世界のあらゆる為政者の欲望もまたこの中央アジアで交流していたといえるでしょう。

シルクロードは、支配欲という快楽の世界を東西につなげる道でもあったのではないでしょうか。

これからの予定表を見ると、目の前が暗くなってきます。

あさっては武威を発って張掖《ちようえき》から酒泉《しゆせん》へ。その翌日は四百五十キロの行程で嘉峪関《かよくかん》から敦煌《とんこう》へ。敦煌で三泊し、ハミへ。ハミから四百キロ走ってトルファンへ。トルファンで二泊したあと四百キロ西のコルラへ。コルラからクチャへ。クチャで三泊してアクスへ。アクスから南下を始め、パミール高原を右手にしながら五百キロ向こうのカシュガルへ。カシュガルからヤルカンドへ。再びカシュガルに戻り、そこでまた一泊してタシュクルガンへ。タシュクルガンから中国国境を越え、クンジュラブ峠を通ってパキスタンのフンザへ。フンザで二泊し……。

ああ、もう予定表なんか見るのはやめることにします。私たちは、ただ進むだけの修験者のようです。そこに行っても何もない。けれども、そこへ行く。そこへ行くということが目的なのだ。だから、ひからびながらも、あえぎながらも、そこへ行く。これを修験者といわずして何というのでしょう。


武威が河西回廊のなかで最大の街だといっても、巨大な中国においては、やはり中心部から遠く離れた地方都市にすぎません。

市街地から北東へ車で一時間も行けばテンゲル砂漠が口をひらいていますし、南東部からは黄土高原の余塵《よじん》が流れてきて、古い土の家は、人間の住まいのようでもあるし、砂埃のかたまりのようでもあります。

こんな都市で、ホテルの食堂で食事をとれるのは、外国の旅行者くらいのものでしょうが、私たち以外に旅行者らしき者はホテル内では見あたりません。

それでも、よほどのお祝いごとなのか、ホテルの食堂には現地の家族づれが一組、円卓を囲んで食事をしていました。

最初は静かに談笑しながらの食事だったのですが、酒が入るにつれて、全員が立ちあがってジャンケンを始めたのです。

大声で掛け声を張りあげ、ジャンケンをして、そのたびに誰かがグラスのビールを飲み干します。負けた者が罰として酒を一気飲みさせられるのか、それとも勝ったご褒美として飲んでいるのか、私たちにはわかりませんし、ジャンケン・ゲームのルールがいかなるものなのか、それとなく観察したのですが、ついに理解することができませんでした。

　ともあれ、そのジャンケンの掛け声は、あまりにも大きくて、ホテルの食堂という公共の場にふさわしくないのですが、ホテルの従業員は別段注意しようともしません。

　何人かの酔っぱらいによる大音声に閉口していると、公安警察の制服を着た十人近い男たちがやってきて、私たちの隣の円卓で宴会を始めました。

　次から次へと運ばれてくる料理は豪華で、たちまちのうちに空になったビール壜が並んでいきました。

　酒がまわってくると、警官のなかには制服の上着を脱ぎ、上半身を下着一枚の姿になる者もいるのです。

　やがて、円卓の中心に坐っていた中年の警察幹部が、若い部下の名を呼ぶと、呼ばれた者は、ビール壜を持ってその横に行き、じつに恐縮した態度で幹部のグラスにビールをつぎ、それからそれぞれが持参した贈り物を差し出すのです。

「このような席にお招きいただき光栄であります。なにとぞよろしく」

おそらくそのような言葉を述べて、ある者は外国煙草を、ある者は上等の酒を幹部に手渡します。

幹部は上機嫌で貢ぎ物を受け取り、

「よしよし、お前の名前はちゃんと覚えといてやるぞ」

とでも言いながら、ビールをつぎ返します。

そうやって、ひととおり部下たちのご挨拶が終わったころには、幹部の前にはひとりでは持ちきれないほどの贈り物が並んでいるといった具合です。

「ヤクザの幹部と若い衆ってとこですね」

とワリちゃんはつぶやきましたし、ダイも、

「昔の大学の応援団て、あんな感じやったのかな」

と不快そうな目を向ける始末でした。

「あんまりそんな目で見るなよ。言葉はわからなくても、雰囲気で、こっちの言ってることはわかるもんや」

私は息子をたしなめ、ここは外国であり、私たちは旅行者であることを忘れてはいけないと言いました。

しかし、酔って、顔を赤くした警察の幹部は、私たちに視線を注いで、隣の部下に何か耳打ちしました。部下たちは、いっせいに、うさん臭そうな目つきで私たちを睨みま

した。

「えらそうに睨むな。そんな顔は、制服を脱いで、拳銃を外してからやれよ」

息子がそう言って、警官たちを睨み返そうとしました。まだ十九歳で、血気盛んとはいえ、考えの浅い行動は厳につつしませなければなりません。

私は息子を小声で叱り、警官たちのほうに決して視線を向けてはならないと言いました。

「そんなことをしたら、刑務所行きやぞ。理由なんて、あとからいくらでもでっちあげられる。この武威は、羅什寺塔までが刑務所に入れられてる」

「いそがなくても、あした、刑務所に入るかもわからないですものね」

ハシくんが、ダイをなだめるように冗談を言ったので、ダイの表情に笑みが浮かびました。

私たちが笑顔を取り戻すと、警官たちも、やがて自分たちの酒宴のほうに神経を戻したのです。

ダイは、父親の取材旅行に同行したことをひどく後悔しているようです。妻は、私が次男をこの旅につれて行くのを不安がっていました。

旅の途中で、とんでもない親子ゲンカをやるのではないか。息子の一挙手一投足に私が苛立ち、神経の休まるときがないのではないか。

妻は、出発前、何度かそんな不安を口にしましたが、

「親子ゲンカしても、シルクロードでは砂を投げ合うしかないよな」

と長男に言われて、それもそうだ、親子ゲンカするならすればいい、とにかく無事に帰ってくればいいのだからと思ったそうです。

西安からイスラマバードへ。この約七千キロにも及ぶ苛酷な旅で、私たちは何を見て、何を感じ、何を得るでしょう。北日本新聞社の大割範孝記者も田中勇人カメラマンも、私の秘書の橋本も、息子の大介も、それぞれの視力で何かを見つめることでしょう。

旅を終え、年月がたち、多くの光景が消えていくなかで、たったひとつ消えない光景というものを各自は隠し持つようになるのですが、その消えない光景が、それぞれの人生の修羅場で思いもかけない武器と化したり、要塞の役割をになったりすることを、私は幾多の旅の経験から知っているのです。


この長い旅のなかで私が見たいものは何かと訊かれたら、具体的なものとしては幾つかあげることができます。

まず西安郊外の、とりわけ草堂寺近くの農村、河西回廊への通過点である烏鞘嶺《うしょうれい》、武威においては姑臧城《こぞうじょう》、それから甘粛省《かんしゅくしょう》と新疆《しんきょう》ウイグル自治区の境にある小さな町・星星峡《せいせいきょう》、トルファンのウイグル人たちの表情、天山山脈の峰々、クチャの人々とキジ

ル千仏洞、ヤルカンド河、タシュクルガンという国境の町のたたずまい、クンジュラブ峠とカラコルムの峰、世界最後の桃源郷と呼ばれるフンザ、ガンダーラの中心であったと思われるペシャワール近郊といったところでしょうか。

どんなところかわからないが、なんだかそこに行きたいところとしては、烏鞘嶺、星星峡、ヤルカンド、タシュクルガンがそれにあたると思います。

地名の持つ響きに惹《ひ》かれるのかもしれませんが、私はひょっとしたら、何かと何かが接する場所、もしくは分離するあたりが好きなのかもしれません。

民族が異なる境、気候が変化する地域、流れ来た河が、名を変えてさらに流れて行くところ……。

そのような場所に立つと、そこがいかに荒涼としていようとも、あらかじめ抱いていた映像とどれほど異なっていようとも、私のなかに強い何物かを残すのです。

ドナウ河の源であるドイツの黒い森から、ドナウ河約二千八百キロに沿って東西ヨーロッパを旅したのは一九八二年の秋ですが、いまその長い道程を思い起こせば、ほとんど反射的に四つの映像が立ちあがってきます。

ドイツのバイエルン地方を流れてオーストリアへと入りこむドナウ河は、パッサウという古い町で別の河を飲み込んで水量を増すのですが、そのパッサウの町並とドナウ河は、私のなかで甦《よみがえ》るとき、いつも朱の色に染まっています。

町と河が冷たい火に包まれているような映像で浮かび出るのは、ただ単純に、私が町と河を一望できる地点に立ったとき、烈しい夕日に覆われたからなのですが、はたしてそれだけの理由なのかどうか、私にはわかりません。

その次はハンガリーのブダペスト東駅の雨と、それに打たれながらプラットホームにうずくまっていたロマの女たちの黒い瞳です。

私は、情念に燃えながらも、果てしない虚無をたたえた瞳というものを、そのとき初めて見たような気がしたのです。

自分も、このような目をしてみたいと思いながら、そんな自分の心がわからなくて、夜ふけの駅からどしゃぶりの雨のなかに歩きだした瞬間の寂しさも、私のなかに刻印されたままになっています。

三つめは、旧ユーゴスラヴィアのセルビアのいなか町・クラドヴォでしょうか。

葡萄《ぶどう》の収穫を終えた老人が、牛車に乗って平原の彼方から帰って来て、私に向かって遠くから挨拶をしました。きっと遠すぎて、誰かと間違えたのだと思いましたが、そうではなくて、彼は生まれて初めて目にする日本人に、こんないなかによく来たねと声をかけてくれたのでした。

日本人の観光客が、この町で一軒きりのホテルに泊まっていることを耳にしていたのでしょう。

すれちがうとき、その老人は、牛車に乗ったまま帽子を取ると軽く会釈をしながら、牛を指差して何か言いました。セルビア語だったので、老人の言葉を私は解せませんでした。

晩秋の風がポプラの葉を吹き飛ばしている夕暮の土の道で、私は父の口癖だった言葉を思いだしたのです。——何がどうなろうと、たいしたことはありゃあせん。

安心立命《あんじんりゆうめい》というひとときがあるとすれば、私はそのときの、牛車の老人の背を見おくりながら父の言葉を思い出していた数分間こそ、まさにそのような一瞬だったような気がするのです。

ドナウの旅の最後を、私はルーマニアの辺境の町・スリナで迎えました。河を下る船が黒海に面した川港の町に着いたとき、たしかに黒一色の海が静かに波立っていました。

私は、なんと遠くへ来てしまったことかと思いました。しかし、すぐにその思いは消えていき、いや自分は自分の生まれた国へと近づいてきたのだと気づいたのです。

黒海の東は中央アジアが、そのさらに東には中国が、そして朝鮮半島から日本へ。ヨーロッパのなかの、もっとも日本に近い地点に自分は立ったのではないのか。

その思いが地理的に正しいのかどうかは別にして、私はルーマニア人の祖先がローマからやって来たことを考えたのです。

シルクロードの西端であるコンスタンチノープルに縁の深い民族……。その民族が興した国は、黒海をはさんで広大なアジアに向き合っている……。

「俺のほうが大きいんだ」

と私は思いました。この地球という星よりも俺のほうがはるかに大きい。そう思うことで、私は寒風の吹く、人の気配のない、黒々とした異国の港町へと歩きだせたのでした。

いまでも、小説を書くことが苦痛になり、ペンを持つ手が震えて止まらなくなると、あのスリナの、辺境という言葉以外にふさわしいものはないと思えるたたずまいのなかに、重い旅行鞄《かばん》を持って歩いて行く自分の姿を置いてみるのです。

すると、宇宙が無限であるならば、この俺という人間も無限なのだ、だから俺に行き詰まりはないのだと思えてきて、元気が出てくるのです。

烏鞘嶺を私は数時間前に通って来ました。漢の時代の砦《とりで》の跡に、ヤクと羊の群れがいたような気がします。どこが烏鞘嶺だったのか、いまは判然としません。

あしたは姑臧城跡へ行きます。その前に、羅什寺塔を見るために刑務所内に足を踏み入れるはめになりそうです。私は行きたくないのですが、フーミンちゃんが張りきっているので……。

それではまたお便りします。

草々

つらい思いをしながら前進すれば、いいことが待っている……。

私はそう思ってきたし、この旅においても、またそうであるはずであった。

しかし、いまのところ、いいことは何ひとつ待ち受けてはいない。どこに辿り着こうとも落胆ばかりである。武威に着いて二日目もまたそうであった。

朝から暑くて、街は騒々しかった。蘭州でも児童節だったが、この武威ではきょうが児童節だということで、街の中心部の小さな公園では親につれられた幼い子供たちが、遊戯機に乗って遊んでいる。公園の拡声器からは、ひっきりなしに同じ歌が流れている。

――いい子になろう、お父さんお母さんのいうことをきいていい子になろう、いい子になろう。――

この歌は、中国全土の小学校で子供たちが歌わされるのだそうで、フーミンちゃんも小さいときから何度も歌ったという。

公園の真ん中には、武威のシンボルである〈飛燕《ひえん》をしのぐ奔馬《ほんば》〉の像が塔の上に載っている。シンボルにしてはおそまつな馬で、はりぼてにコンクリートを塗ってペンキで色づけしただけなのであろうか、汚れて色あせている。

その公園の前に映画館があり、アイス・キャンディー売りや小鳥売りが店を出している。

小鳥を飼おうという人がいるのだから、天水周辺の農村とくらべるとはるかに経済的に余裕がある人が住んでいるらしい。

フーミンちゃんと地元のガイドは、きのうから役所に足を運び、私たちが公安局の敷地内に入って羅什寺塔を見学できるよう頼み込み、けさもその交渉をつづけているのだった。

「もういいよ。刑務所のなかに入れなくてもいいよ。そんなことで高いワイロを払って役人に頭を下げるなんてやめよう」

私がそう言っても、フーミンちゃんはあきらめない。

「私ニマカセテ下サイ」

彼は胸を張って、私たちを映画館の前で待つよう指示すると、公安局のえらいさんのいる事務所へ行ったのだった。

「またお腹の調子が悪くて」

フーミンちゃんを待っているあいだ、ワリちゃんはそう言った。腹の調子が悪いのはワリちゃんだけではない。みんなに訊いてみると、私が一番症状が軽そうである。

「暑いな。武威の市内は標高千四百メートルだってのに暑いな。暑いけど、水を飲むのが怖い。このミネラル・ウォーターは本物か？　まだ栓をあけてないのに、栓のところから水がこぼれるってのは、なんでや？」

ミネラル・ウォーターのラベルには祁連《きれん》山脈の湧水《わきみず》と印刷されているのだが、いやな匂いがする。

みんなでミネラル・ウォーターのラベルを読んでいると、フーミンちゃんが帰って来た。許可がおりたが、刑務所の所長に金を払ってくれと言って、ワリちゃんに金額をささやいた。

「領収書、くれるかな」

私たちは気が進まないまま、公安局の門をくぐった。門のところから羅什寺塔が見えている。ただの石の塔で、近くで見たからといって何がどうなるものでもない。

腰に無数の鍵を下げ、革製の手錠を持った公安局員が、うさん臭そうに私たちを見つめた。フーミンちゃんは、持参した許可証を出し、私たちの目的を説明した。それから、ここの責任者に挨拶してくれと私に言ったが、私には誰が責任者なのかわからなかった。

私たちを監視するために幾つかの建物の向こうからやって来た男は、刑務所を指差して、カメラを決してあそこに向けてはならないと言って、ついて来るよう促した。

建物の横にポプラの大木があり、涼しそうな木陰を作っていたが、その大木のところで、色白の青年が立ったままうなだれている。その青年は、うしろ手に手錠をはめられ、そのポプラの大木につながれているのだった。両足にも長い鎖のついた足錠がはめられ、それもポプラの幹に巻きつけられている。

私たちが通りすぎるとき、青年は顔をあげた。すると、女の職員が、青年を叱りつけてから、おかしそうに笑った。

「あの女、何て言ったの？」

私はフーミンちゃんにそっと訊いた。

「顔ヲアゲルナ、コノ馬鹿野郎ッテ」

「なんであんなところでつながれてるんや？」

「家族ガ面会ニ来ルノデス。アソコデ、木ニシバラレタママ、家族ト面会シマス」

看守たちの人相は、男も女も、ポプラの木に立ったままつながれている青年の百倍くらい悪い。

「人権なんて、かけらもないな。こんなところに入ったら、何をされようが外にはわからない。こんなところに入れられたら、もうおしまいや」

私は羅什寺塔の横にある事務所で、一番えらそうにしているおっさんに名刺を渡し、なぜ羅什寺塔を見学したいのかを説明し、特別に立ち入りを許可してくれたことに対して礼を述べた。

ワリちゃんはその男に金を払った。領収書は帰るとき渡してくれるらしい。

ハヤトくんは、撮りたくなさそうだったが、近くから羅什寺塔を撮影した。私はいっときも早く退散したくて、銃を持った看守たちを見ていた。ワリちゃんもダイもハシくんも無言だった。

「こいつら、自分たちは何ひとつ悪いことはしないってのか？　よくも人間をあんなめにあわせられるもんや。俺が家族だったら、刑務所のなかで木につながれてる息子を見て、気が狂うよ」

私はダイにそうつぶやいた。

ただの古い石の塔をろくに見もしないまま、私たちは再び青年の横を通りすぎて、刑務所から出た。さっきの女が、金切り声で青年に顔をあげないよう命じて、またおかしそうに笑った。

「鬼ババア。最低の女」

とダイがつぶやいた。

公安局のえらいさんに幾らワイロを払ったのかとワリちゃんに訊くと、公安局内に入るのに千元、羅什寺塔を撮影するのに一枚四百元であったという。

撮影する前にワリちゃんは値段をハヤトくんに耳打ちした。

「四百元？　なんだそれ！」

ハヤトくんは声を荒らげて、

「わかった、わかった。こんなの最小限しか撮らんから安心しろよ」

と言ったという。

「俺は、どこかの大新聞社みたいな幼稚な人権主義者じゃないけど、あの若い男が極悪非道な人殺しとは思わんな。なにか悪いことをやったとしても、せいぜいコソ泥くらいのもんだろう。貧しいジャン・ヴァルジャンはひときれのパンを盗んで何年間も牢《ろう》に入れられて人間扱いされなかった。公安局のえらいさんは白昼堂々とワイロを手にしておとがめなし。払った俺たちも同罪やな」

私は不快な気分を振り払おうとしてそう言ったあと、フーミンちゃんにユゴーの『レ・ミゼラブル』を知っているかと訊いた。

「日本では昔、『噫無情《ああむじょう》』って訳されたこともあったたな」

フーミンちゃんは知らないという。

「『三国志』は？『水滸伝《すいこでん》』は？『金瓶梅《きんぺいばい》』は？」

「キンペイパイ？ソレハ何デスカ？」

「中国語の発音は〔jin｜ping｜mei〕。主人公の西門慶《さいもんけい》が婬婦《いんぷ》・潘金蓮《はんきんれん》と密通するところから始まって、明代の風俗、性生活をあますところなく活写するんですな。中国の物語文学の革命的な作品ですぞ。知らない？」

「私、日本語ノ勉強デ忙シカッタ」

「じゃあ、老舎《ろうしや》の『駱駝祥子《らくだのシャンツ》』は？　『四世同堂《しせいどうどう》』は？　戯曲では名作『茶館《ちやかん》』があるな」

「知ッテルケド、読ンデナイ」

「じゃあ、魯迅《ろじん》は？」

「魯迅先生ハ知ッテマス」

「もともとこの地上に道はなかった。多くの人が歩いたところが道になったのだ。これは魯迅の言葉。知ってる？」

「ソレハ知ッテル。有名ナ言葉デス」

「ほんとかな。女の子のお尻ばっかり追い廻して、本なんか読まなかったんじゃないか？」

「私、イマハ妻ノオ尻ガナツカシイ。私、結婚シテ二年、娘生マレテ八ヵ月、家買ッテ二ヵ月。私、家ニ帰リタイ。私、コンナ旅行ニ行キタクナカッタ。私、帰リタイ」

「いまはそんな話をしてるんじゃないの。中国にもすばらしい文学があると言ってるの」

「本読ンデナイカラ私ヲ馬鹿ニシタ」

「わかった、俺が悪かった。だけど、『三国志』や『水滸伝』くらい読めよ。老舎の『駱駝祥子』は名作やぞ。老舎は文化大革命のとき、紅衛兵のガキどもにひきずりまわされ、絶望して自殺した。さっきの公安局の人相の悪いやつらとおんなじような連中に殺されたのと一緒や」

フーミンちゃんに八つ当たりしても仕方がない。姑臧城へ行く前に、私にはひとつだけ見たいものがあった。武威の文廟《ぶんびょう》にあるという西夏《せいか》碑である。

西夏は十一世紀中頃から、この甘粛省と現在の寧《ねい》夏《か》回族自治区全域を支配していたタングート系（チベット系）の遊牧民族国家で、チンギス・ハン率いるモンゴル軍に抵抗して一二二七年に滅亡した。

その滅び方は劇的ともいえる。ほとんど跡形もなく滅亡したのである。その抵抗に、チンギス・ハンは西夏族の根絶やしで報いて、すべてをこの地上から消したのだが、ひとつだけ残ったものがある。それが西夏文字で、武威の文廟に置かれている。

私は文廟に行くと、他の物には見向きもせず、西夏文字が刻まれている石碑のところに行った。

当時の漢民族の中心であった宋王朝を意識しつづけた西夏の人々は、漢字を基礎として自分たちの文字を作りあげたが、どの文字も、漢字に似ていて、しかも我々には一字も理解できない。

たとえば、石碑のなかに、

という文字がある。

なんという意味なのかわからないが、こんな漢字がどこかにありそうな気もする。しかし、そんな気がするだけで、私たちには読むことができない。中国人にも読めないのである。

石碑には、このような文字が無数に刻まれていて、私たちに読めるものは一字もなく、しかもきわめて漢字に似ている。

このような文字を作りだす民族は、高い文化を持っていたはずだが、六千字の西夏文字だけを残して、他のすべてのものは消えてしまった。

どのような国家を築いていたのか、いかなる容貌だったのか……。それらはすべて砂漠の底に消えてしまって跡形もないのである。

私は、石碑の一字だけをノートに書き写し、古木の繁《しげ》る文廟を歩いた。

「ミイラガアルソウデス」

とフーミンちゃんが言った。文廟の一室に保管されていて一般の人々には公開しないが、交渉次第で見せてくれるらしい。

「交渉ってことは、つまりワイロだよね」

私が言うと、

「またワイロですか……。パキスタンに入る前に、お金がなくなりそう」

とワリちゃんはくわえ煙草をくゆらしながら言った。

「さっきの刑務所が尾をひいていて、俺はあんまり心楽しくないものは見たくないなァ。でもやっぱり見よう」

私たちは係員にワイロを払って、ネズミのかじった跡だらけの乾いた部屋に入った。ミイラは男で、かんざしのようなもので黒く長い髪をたばねていた。唐の時代の漢人だという。

「こんなに保存状態のいい完璧なミイラは珍しいな。よくもまあ、ネズミにかじられないもんや」

私は、いまにも起きだしてきそうなミイラを見つめた。


ミイラをじっくりと見たあと、ホテルに帰って昼食をとった。

きょうの昼食も、「大盆鶏《ターパンツィー》」である。

とにかく、西安を出てから、ホテル以外で食事をとるときのメイン・ディッシュは、いつも「大盆鶏」＝ターパンツィー。毎日、毎日、とにかくターパンツィーであることを、私たちは武威に着いて、やっとわかった。

昼食をとりながら、私たちは、刑務所のことを思い出したくないので、これから行く姑臧城について話をしたのだが、話題になるほどの知識は、じつはみんな持っていない。武威の姑臧城は、鳩摩羅什が、十六年間、幽閉されたところであって、それは、国王の命令で羅什を捕まえに来た武将・呂光《りょこう》が、国王がクーデターで死んでしまって、帰るところがなくなり、仕方なく、じつに仕方なく、しぶしぶ、なにもない砂漠の一角に力ずくで作った自分の国と城なのである。

まあ、つまり、地上げ屋が作った独立国みたいなものといってもいいのかもしれない。

その姑臧城について、ワリちゃんの考え方をうけたまわりながら、私は、大盆鶏のことばかり考えていた。

「羅什は、姑臧城において、つねに牢に入れられていたんじゃないんですね」

とワリちゃんは、キュウリを食べながら言った。それを見ながら、私はつぶやいた。

「うん、キュウリなァ。なんでこのターパンティーには、キュウリが入ってないのかな」

「はっ？　パンティーですか？」

とワリちゃんは居住まいをただした。

「パンティーじゃなくて、ターパンツィーでしょう？　パンティーって発音は、いまのぼくたちには刺激的だと思うんです。パンツィーが正しいです。しかも、その上にター、中国語で〈大きい〉という言葉があるんですよね」

「うん、そうだよ、大きなパンツなんだよ」

とハヤトくんが言った。

「なァ、お前ら、ちょっとおかしいぞ。この料理が、どうして大きなパンツなんや。どこがどう大きなパンツなんや。これは、すばらしい鶏料理でっせ」

私も、なにがどうなったのかわからなくなって、〈大盆鶏〉のもっとおいしい作り方について考えを述べた。

「いや、ぼくは、ちゃんとターパンツィーって言いました。パンティーなんて言ってません」

「お前ら、やっぱりおかしい。パンティーなんて、小さいからセクシーなんだよ。大きいパンティーなんて、なんだか不潔や」

「何を言ってるんですか、宮本先生」

ワリちゃんの目が尖った。

「パンティーじゃないんです。パンツィーなんです」

「待て、ちょっと待て、何の話をしてるんや？　俺たちは、パンツを見るために、シルクロードに来たのか？」

ハヤトくんは憤然と怒って、ホタルイカの燻製《くんせい》を食べた。

ここで、大盆鶏の作り方について、正しいレシピと若干の私的考察を書いておきたい。

西安を出発して以来、昼食はいつもどこかの町の食堂でとるしかなかったのだが、フーミンちゃんは、必ず〈大盆鶏〉を注文する。

それは、フーミンちゃんが好物なのではなくて、つまりこの地域で、ターパンツィーがもっとも安心で当たり外れのない料理だとわかったからである。

どの町の食堂に入っても、大盆鶏は、メニューの最初に書かれてある。ある店では五十元であったり、べつの店では七十三元であったりする。しかし、この大盆鶏よりも高い料理はない。

まず、骨つきの鶏肉を、一口大に切り刻む。頭のてっぺんから（トサカもつけて）、足の爪先まで、でっかい包丁で切り刻むことが基本である。

これに塩コショーをし、油で炒めておく。炒めた鶏をフライパン、もしくは中華鍋から出し、そのフライパン、もしくは中華鍋のなかの油に、ニンニク、唐辛子、輪切りにしたタマネギ、ピーマン、鶏ガラスープを入れて煮たて、そこにさっきの炒めた鶏を入れ、さらに味噌を入れる。そして、仕上げの際に、ショウガのみじん切りを入れ、沸騰したところで火を消すのである。

誰にでもできる、アホでもできる料理であるが、これがじつにうまい。

うまいのに、シルクロードではうまくない。なぜか。油が悪い、塩が悪い、コショーがまずい、タマネギが少ない、ピーマンが痩せている、味噌が腐りかけているからである。

悪いものをすべて改善すれば、すばらしくセクシーなパンティー料理になると思い、私は日本に帰ってから作ってみたのだが、シルクロードで食べた大盆鶏のほうがセクシーなのだ。

そんなはずはないと腹を立てて、何度も何度も作り直してみたが、シルクロードのパンティーは熟女で、日本で作るのは、ただ、だらしない女にしかすぎない。

この理由が、いまもってわからない。私は、どの町の食堂においても、大盆鶏の作り方を盗み見ていたのである。私は、いかなる調理人の手さばきも見のがさなかった。私の頭のなかのレシピは完璧であり、味のおさえどころも怖いくらいに芸術的であると同時に台所的かつ庶民的である。

それなのに、私のパンツィーは、いつもゆるんだパンティーになる。

なぜだろう……。

まあ、そんなことよりも、いっときも早く姑臧城へ行こう。そのために武威に来たのだ。

城を中心にして町が築かれたと考えるのが通例であるならば、西紀四世紀の後半、シルクロードの東の涼州という地に呂光が姑臧城を造ってそこに権力者として君臨したとき、民衆は、現在の武威の市街地から南東約十五キロの、テンゲル砂漠の近くを中心に生活していたことになる。

しかし、昼食を終えてマイクロバスで姑臧城跡へ向かう車窓からは、砂漠の砂の色と同じ農家と、小麦畑と、ニンニクやネギの畑ばかりが見える。

千数百年のあいだに、かぞえきれない砂嵐があり、絶え間ない戦乱があり、中断することのない砂漠の侵食があった。

そのたびに、町は砂に埋もれ、戦火に焼かれ、崩れつづけるオアシスを求めて移動するしかなかったのであろう。

私たちが姑臧城の近くにさしかかると、古い土の農家の横に、整然と区画された新しい家が並び始めた。

砂漠に勝つには、そこに緑を植えるしかない。その緑も、できれば人間が食せるものであれば一石二鳥であろう。

砂地にいかなる食物を栽培すればいいのか、そのために灌漑用水はどのように引けばいいのか。

その実験的農業に従事する人々のための家が姑臧城のすぐ横に作られている。

けれども、その家々の前は、すでに車が走りにくいほどの砂で覆われている。砂の深いところにタイヤが入ると動けなくなってしまうので、運転手は慎重にハンドルを操って、ときおり空を見上げる。天候が崩れ始めていたのだった。

「風が出て来ましたね」

とワリちゃんは言った。

「砂漠の近くなんじゃなくて、もうここは砂漠のなかなんやな」

ハヤトくんはそう言って、ポリ袋を出した。小麦粉のように微細な砂がカメラに入ると正常に作動しなくなるので、ポリ袋に包んで砂を防ぐのである。

農家もなくなり、さらに深くなった砂の道を進むと右に曲がる別の道があった。この道を行けば、たしか姑臧城に辿り着くはずだとフーミンちゃんは言った。

しかし、そこで車は動けなくなった。私たちは車から降り、手で砂をかきだして、埋まったタイヤを出そうとした。

風は強くなり、浅い灌漑用水はたちまち砂でせき止められた。

自分と運転手で車はなんとかするから、みなさんは姑臧城まで歩いて行ってくれ、十分も歩けば、姑臧城が見えてくるはずだ。フーミンちゃんの言葉で、私たちは帽子が風で飛ばされないよう手でおさえ、サングラスをかけて砂漠の道を歩きだした。

風が強くて前に進めない。サングラスごときでは、小麦粉のような砂から目を守ることなどできはしない。

ワリちゃんはハンカチを出し、それを鼻と口に巻いたが、たいして役にたっているとは思えない。

後ろを振り返ると、飛んでいる砂以外、なにも見えない。フーミンちゃんの姿もマイクロバスも砂にかき消されている。

砂漠を旅する者は、体から水分の蒸発をふせぐために、できるだけ肌を隠さなければならないと聞いていたが、肌を隠すのは、なにもそのためだけではないことを私は知った。

猛烈な速度で飛んでくる砂が肌に当たると、数限りない針に刺されているのと同じ状態になるのだった。

「痛い、痛い」

ダイが腕をさすって身をよじっている。私のサングラスに当たる砂の音は、なにかしら深い恐怖を感じさせる。

喋ると、口のなかに砂が入るので、みんな無言で体を前方に傾けながら、顔を伏せて歩きつづける。

やがて、前方に黄色い土のかたまりが見えてきたが、風が強くなるたびに、それは消えてしまう。砂嵐は、わずか五百メートル向こうの遺跡を、ふいに消滅させたり出現させたりする。

城門の跡に辿り着き、私はそこで立ち止まって、砂から体を守りながら、千六百年前、たしかにここに羅什がいたのだと思った。

かつての城も町も、すべて砂に埋まってしまった。この姑臧城のなかで、いかなる人間の営みがあったのか、もはや何もわかりはしない。

羅什は厖大な大乗仏典の翻訳を残したが、日記、あるいは当時の記録といったものは残していない。

考えてみれば、それもまた不思議なことである。類稀《たぐいまれ》な教養人であった羅什のような人物が、折々に感じたことを何ひとつ残さなかったのは不思議というしかない。

書かなかったのか、あるいは書いたものはどこかに散逸してしまったのか……。

私は後者であろうと思っていたが、土の城門の陰に立ち、風と砂以外に動くもののない姑臧城の跡を見ているうちに、羅什は己に関する記録といったものを、あえて残さなかったのだという気がした。

自分の残すものは、サンスクリット語から漢語に翻訳した経典だけだ。他の誰もが成し得ない見事で完璧な翻訳のあちこちに、自分だけではなく、ありとあらゆる人々の生命の不思議を秘沈してある。自分の翻訳した経典が後世に伝われればそれでいい。それさえあれば、すべてはわかるであろう。自分は生身の人間だ。ありとあらゆる人間も、また生身の、矛盾だらけの、しかし尊極《そんごく》の生命を持つ存在だ。

そのような永遠に不滅のものを残した自分が、他のいかなるものを残すことがあろう……。

私は城門の陰から出て、城の一部であったであろう大きな遺跡へ歩きだした。砂の上に動物の骨があった。腐肉がところどころに付いた骨は、わずかに湿りがあった。

姑臧城跡の土塁のてっぺんに旗をたてた小屋があるが、なかに人はいない。何のための小屋と旗なのか、私たちにはわからない。

ひからびた固い土を踏んで、私たちはかつての城壁かと思われる場所にのぼった。すさまじい風のなかで四方を見渡しても、密度の薄い樹木の緑が砂嵐のなかでかすんでいるだけで、他の何物も視界には入ってこない。

ここは、囚われの身となった羅什にとっても異域であったが、亀茲国《きじこく》を滅ぼして羅什を得た呂光もその大勢の部下たちにとっても異域であった。

帰る地をなくした呂光の軍勢は、この城を中心に自分たちの国を造るしかなかったが、たとえ十六年間にせよ、そこでは多くの人生が営まれなければならなかった。

姑臧城を中心とした小さいながらも新しい国のなかで、人々は家庭を持ち、家族を作り、それぞれの生活を繰りひろげたのである。

誰も、この涼州の、テンゲル砂漠の西南で十六年間の生活をおくるはめになろうとは予想していなかったはずである。

しかし、都から遠く離れた異国と呼んでもいい地にふみとどまって、そこで自分たちの国を造る以外にない。自分たちの王は殺され、敵が長安を我が物としたとあっては、彼等はもはやどこに行くこともできはしない。

呂光の部下たちの多くは、長安に親や妻や恋人や子供がいたであろうし、たとえどんなに危険がつきまとうとしても、それらの者たちに逢おうとして、呂光の軍勢から離れ、長安をめざしたりもしたにちがいない。

しかし、それらの者たちがどうなったのかも歴史は伝えていないし、姑臧城自体も、何も語りはしない。

もっとも孤独であったはずの羅什は、呂光やその軍勢よりもはるかによるべない立場にあった。

母が亀茲国の王女で、父がインド人の貴族である羅什は、姑臧城をつかさどる呂光とその軍勢たちとはまったく容貌を異にしている。

そして、なによりも、亀茲語を母国語としながらもインドの言葉に熟達した羅什は、漢語をほとんど片言しか解せなかった。

イラン系のクチャ族とインド・アーリアンの混血である羅什は、幼くしてタクラマカならなかった。

ン砂漠を越え、パミールの厳しい尾根を越え、天竺《てんじく》を中心とした幾つかの国々の文化に

ならなかった。通達していたが、大乗仏典を東方に伝えるためには、なによりも漢語を習得しなければならなかった。

『出三蔵記集《しゅつさんぞうきしゅう》』には呂光について次のような記述がある。

「性疎慢《せいそまん》にして、未《いま》だ什の智量を知らず」

呂光は武将としてはすぐれていたが、性格は粗暴で教養人とはいえず、羅什がいかに貴重な知識を持つ智者であるかを知らなかったのであり、そのために『高僧伝《こうそうでん》』には、

「年歯《ねんし》の尚少《なおわか》きを見て、乃《すなわ》ち凡人として之に戯れ、強いて妻《めあわ》すに亀茲の王女を以てす」

という卑劣な行動に出たのだった。

呂光は、まず羅什に酒を無理矢理飲ませ、従女《いとこ》にあたる亀茲国の王女と二人きりにして密室に閉じ込め、交わらせようとしたのだった。それも、滅ぼしたばかりの亀茲国においての所業であった。

羅什が酒を飲み、女性との交わりを持ったかどうかということを重大事として問題にする研究家もいるが、私には、そんなことはどっちでもいいのである。羅什の目的はただひとつ、大乗仏典の漢訳であった。そのための生涯をまっとうする以上の大事は、羅什にとってはなかったに等しい。

そのためには、羅什はなによりも生きなければならなかったし、漢語に熟達しなければならなかったのである。

祖国・亀茲国の滅亡と、涼州における十六年間の無為な日々は、羅什に筆舌に尽くしがたい苦難をもたらしたが、そのことによって、羅什は漢語を自在に使いこなせるようになるとともに、漢民族の習慣や文化にも通達したのだった。

長安を自分たちの祖国とする呂光軍団にとって、砂漠の淵《ふち》の十六年間はつらく不自由な環境であったろうが、幼少時に険難な留学の旅を経験した羅什にとっては、姑臧城周辺地域の悪環境はなにほどのものでもなかったであろう。

苦難と努力は、ただひとつの的に絞られている。「汝《なんじ》、この経を東方に伝えよ」、「この大乗方等《ほうとう》の教えを東土に伝えるのは、ただ汝の力だけなり」という母との誓いを果たすための重大な年月を、三十五歳という男ざかりの羅什にその後十六年間も与えつづけたのが姑臧城なのだ。


「羅什は、ここでも酒に溺れ、夜毎、女と寝たんでしょうか」

とワリちゃんが城跡のもっとも高いところに立って言った。

「男を堕落させようと企《たくら》むやつは、たいていの場合、酒と女を用意するなァ。俺が羅什やったら、酒をくらって女と寝るな。だって俺って堕落しやすいんだよね。君と同じように」

「人間ですものね」

「石の地蔵さんじゃないからね。羅什がそうしたからって、羅什の翻訳した経典の価値が下がるわけじゃないんだから。女と寝たくらいが、どないやっちゅうねん」

「そしたら、羅什には子供がいたはずですよね」

「それも一人や二人じゃないってことになるよな。その子孫は、いまどこでどんな人生をおくってるのかな」

しかし、それもたいしたことではない。人が生まれて死んでいくのは、押しとどめることのできない大河の流れのようなものであろう。

出家し、夫や子と別れて天竺へ向かった羅什の母のその後についてはなにひとつ記されていないし、いずこへともなく亀茲国を去った羅什の父のその後も誰も知らないのである。

「ずっとここにいたいですね」

とワリちゃんは言った。

「ここで星を見たいですよ」

私も同じ思いだったが、風はおさまりそうになかったし、空の色はさらに不穏になっていた。

いつまでも姑臧城で風の音を聴いているわけにはいかず、いまや大きな土の塊にしかすぎない黄土色の城跡に背を向けて、私たちはマイクロバスのところに戻るために歩きだした。

ダイが、まだ乾燥しきっていない動物の骨のところでひざまずき、それを無言で見つめた。

「肋骨《ろっこつ》やな」

と私は言った。烈しく吹きつける砂が、その骨に附着している腐肉にへばりついていく。

「案外、人間やったりして……」

とダイはつぶやき、木ぎれで骨を動かした。

「たぶん、犬の肋骨やな。もし万一、これが人間の骨でも、ここでは何のドラマも生まれへんな。人がなぜかここで死んで骨になった。ただそれだけ。人は必ず死ぬ」

と私は言った。

砂のなかから脱出したマイクロバスの座席に坐って、フーミンちゃんは煙草を吸っていた。

私たちは、衣類のいたるところから侵入して肌にまとわりついている砂を洗い流したかった。

農業試験場のところまで戻ると、祁連山脈からの水を引いた灌漑用水に手をひたした。その澄みきった水は長く手をひたしていられないほど冷たくて、どうしてこの水を飲むと下痢をするのかと不思議でならない。

「飲みたいなァ。この冷たい水を飲みたいという誘惑はかなりなもんでっせ」

私がそう言うと、ハヤトくんが顔をしかめて、

「水は、冷たけりゃあ無毒だってわけじゃないんですよ。私は飲みませんよ。やっと治った下痢が復活したら、これから先のゴビでミイラになっちまう」

と言った。

近くに、土壁の古い農家が並び、やっと歩けるようになったくらいの歳の幼女が裸足《はだし》で家の前で遊んでいる。顔立ちはあきらかにウイグル族で、耳たぶに大きな穴をあけ、紐を鎖代わりにした赤い耳飾りをしている。

「見ろ、このワイルドなピアス。これこそピアスだよな。日本の若い連中も、どうせピアスをするなら、これくらいのワイルドな穴をあけてみろってんだ」

よほど可愛《かわい》らしく感じられたのか、ダイはそう言ってウイグル族の女の子に笑顔で近づいたが、女の子は怖がって家のなかに逃げ込んでしまった。

ダイは、大学に合格したその日に、高校時代の教科書と参考書を一冊残らず捨てたあ

と、ひとりで美容院へ行き、髪を茶色に染めてピアスをして帰ってきて、私の妻を驚かせたのであった。

「お前のそのピアス、軟弱やなァ」

私の言葉に、ダイは苦笑し、

「あの女の子のピアスは気合が入ってるよなァ」

と言った。

ホテルへ帰る道で、小学生たちが行進していた。児童節の行事か何かで、みな赤いネッカチーフをして、引率の先生の号令のもとで、楽器を演奏しているのだった。

小学生たちは、ハヤトくんがカメラを向けると、先生の号令なんか無視して、いっせいに視線を私たちに注いだ。

私は、そのたくさんの小学生たちのなかに、ひとりもウイグル族の子供がいないことを不思議に思い、その理由をフーミンちゃんに訊いた。

「漢民族の子供とウイグル族の子供は、おんなじ小学校には通わないの？」

「イエ、ソンナコトナイネ。コノヘンハ、ウイグル族ノ子供ガ少ナイシ、イテモ、学校ニ行カナイ。親ガ勉強サセナイ。勉強ヨリモ仕事ヲ手伝ワセマス」

武威はウイグル族よりも漢民族のほうがはるかに多いが、新疆ウイグル自治区全体でいえば、三十パーセントの漢民族が七十パーセントのウイグル族を統治しているという。

「統治って、つまり支配ってことなんだろう」

「ソウ、日本ガ中国ヤアジアニシタコトト同ジデス。宮本先生ハ、日本ノ侵略ヲ反省シテマスカ？」

「なんで俺が反省しなけりゃいかんのや。俺は戦争が終わって二年後に生まれたんや」

「デモ、先生モ日本人デス」

「ふざけるな。冗談じゃないよ。俺は自分がやったことじゃないものに対して、どうして謝罪しなけりゃいけないんだ。そしたら、漢民族のフーミンちゃんは、いまこの時代に実際に統治し、支配してるウイグル人に謝れよ」

私はなんだか妙に腹がたって、フーミンちゃんと向き合った。刑務所で木につながれていた青年と、それを叱っていた人相の悪い女看守の姿が、私のなかから消えていなかったのかもしれない。

「日本人ハ反省シナイネ。中国ハ原爆ヲ持ッテイマス。宮本先生ハ怖クアリマセンカ？中国ノ原爆ガ」

「怖いよ。あたりまえだろう。原爆が怖くない人間がどこにおるんや。なんや、その言い方。中国は原爆を持っているから、いつでも日本に撃ち込んでやるってのか。そんなことを口にするやつが、日本人のためにガイドや通訳なんかするな」

私はサングラスを外し、フーミンちゃんと睨み合った。子供のケンカの次元と同じ睨み合いである。

小学校の校長という人物が、許可なく子供たちを写真に撮ったことを抗議しなかったら、私はフーミンちゃんに杭州《こうしゅう》に帰ってもらって、代わりのガイドに来てもらっていたかもしれない。フーミンちゃんがいなくなっても、俺たちはちゃんとクンジュラブ峠を越えてみせると本気で怒ってしまっていたのだった。

私は、校長に謝罪し、煙草を三本進呈した。校長は笑顔で煙草を胸ポケットに入れ、撮影の許可を与えてくれた。

その夜、雨が降った。中国に着いてから初めての雨であった。

しばらく雨の音に耳を澄ませてから、私はフーミンちゃんの部屋に行き、日本から持ってきたウイスキーを一緒に飲みながら、腹をたてきつい言い方をしてしまったことを詫《わ》びた。

「先生モ疲レテイマス。私モ疲レテイマス」

フーミンちゃんはそう言って、長いこと握手をして離さなかった。

あしたは張掖を通って酒泉で一泊する。武威から酒泉までは三百三十キロの行程である。

六月二日の朝八時五十分に、私たちは武威を出発した。

日差しは強いが、日陰は寒いくらいで、私は夏物のセーターを着た。

祁連山脈は、私たちの左側で近づいたり遠ざかったりしながら延々とつづいている。

この国はなにもかもが〈延々〉である。麦畑も延々とつづき、秦嶺山脈も延々とつづき、祁連山脈も延々とつづく。ひょっとしたら、権力闘争も往古から延々とつづいてきて、そのやり方は少しも変わっていないのかもしれない。中国は『三国志』の時代から何も変わっていないという考え方をしてみるのも悪くはあるまい。

イデオロギーは方法にしかすぎない。将棋でいえば、〈棒銀〉で攻めたり守ったりの作戦を〈中飛車〉に変えたが、しょせん将棋は将棋だといったところである。中国人は中国人のやり方を延々とつづけてきて、文化大革命も四人組も天安門事件も、中国の厖大な歴史書のなかでは、やがてはわずか一行か二行で片づけられてしまう程度のことにすぎないような気がしてくる。

九時半に豊楽という小さな町に入った。そこで私は初めて延々とつづくポプラ並木を、かぎりなくありがたいものとして感じた。

西安を出てから、私の左右を何度もポプラ並木は走りすぎていった。その綿毛のような種が舞うさまを、あるときはわずらわしく、あるときは神秘的に感じたりもした。

けれども、いまそれをかけがえのない恵みとして、感謝の気持で見つめたのである。

乾いて暑いとき、ポプラ並木の葉陰は、人々にどれほどの癒しを与えることであろう。

このシルクロードにポプラ並木がなかったら、人間のみならず、ロバも馬も鶏も、わずかな涼を求めて休むことはできはしまい。

かつてここにポプラの苗木を植えた人たちがいる。その作業は苛酷なものであったにちがいない。

井戸の水を飲むとき、その井戸を掘った人のことを忘れてはならない、という諺が中国にあるが、ポプラの木陰で休むとき、ポプラを植えた人のことを忘れてはならないと、シルクロードでは言うべきであろう。

そのポプラ並木のありがたさは、豊楽の町を抜けたとたん、大きな意味を持って私たちに襲いかかってきた。ゴビ灘《タン》に入ったのである。

ゴビ。漢字で戈壁。砂と瓦礫の途方もない不毛の大地である。

近くで見ると、表面は固そうで、簡単に歩いて行けそうに思えるが、一歩足を踏み入れると、くるぶしのあたりまで埋まってしまう。

当然、そのなかを車は走行できない。このゴビ灘は、これから先、クンジュラブ峠の手前までつづくはずなのである。

「これがゴビなんですねェ」

とワリちゃんが言った。

「俺たちの旅は、いよいよこれからなんやな」

私は遠くの祁連山脈の、のこぎりの歯のような峰々を見つめて言った。

「気が遠くなりそう」

とワリちゃんはつぶやいた。

ゴビに入ってはいても、このあたりは祁連山脈の雪解け水が地下水となって伏流してくるので、砂と瓦礫のなかでも作物を栽培できる。そして、ゴビのあちこちには羊飼いと羊たちがいる。わずかな草を求めて移動しているのである。

金昌市《きんしょうし》の手前で、トラックが一台停車していた。私たちのマイクロバスは速度を落とした。そのトラックが、右に行こうとしたり左に行こうとしたりしていたからであった。

トラックの前方に何か障害物があるらしい。しかし、トラックはそれを避けて道から外れ、ゴビに車輪を入れてしまうわけにはいかない。そんなことをすれば、自力で再びアスファルト道には戻れなくなるのだった。

障害物はひとりの人間であった。歳は私と同じくらいに見えた。両脚の膝から下がないが、膝と手を使ってトラックの前を右に行ったり左に行ったりしながら、トラックを通せんぼしている。

もし私たちのマイクロバスがそのトラックよりも先に通っていれば、私たちは両脚のない物乞いの男に進路をはばまれていたはずだった。

金をくれ。たとえわずかでもいいからめぐんでくれ。もしくれないのなら自分はお前の車の前から離れない。それでも通るというなら、かまわないから俺を轢いていってくれ……。

男は無言であったが、トラックの運転手を見あげる目はそう語りかけていた。

私たちのマイクロバスの運転手は、トラックが道の右側に寄ったとき、その横を素早く通り抜けた。

トラックの運転手は当惑顔で物乞いの男に何か言った。

いいかげんにしないとほんとに轢くぞ、たのむから通してくれ……。

そう言っているようであった。

物乞いの男の顔が、なぜかとても毅然《きぜん》としていて、私は胸をつかれる思いだった。

轢くなら轢いてくれ……。脅しでもはったりでもなく、男の目は淡々とそう語りかけていた。

きょう、なにがしかの金をめぐんでもらえなかったら、俺は飢えて死ぬのだ。お前のトラックに轢かれていま死んでも同じことだと。

うしろを振り返ると、物乞いの男と立ち往生しているトラックは、ぶあつい陽炎《かげろう》のなかに消えつつあった。

そのはるか右手に竜巻が起こった。

「竜巻だ」

ハヤトくんはそう叫んでカメラをかまえたが、竜巻はすぐに消えた。馬を引いた男がゴビのなかを歩いていた。馬の背には鞍《くら》が載っている。馬と男が向かっている方向には、ゴビ以外なにもない。

第五章
風の底

私たちはなぜか、逃げだすように出発している。いつもそうしていたような気がする。西安《せいあん》を出発したときも、天水《てんすい》を出発したときも、蘭州《らんしゅう》を出発したときも、とにかくそこから、ほかのところに行きたくて、〈前進〉しているのである。

逃げるための前進という戦争に駆りたてられたようなものかもしれない。

ゴビに入ったという戦争は、すでに武威《ぶい》を出たときから〈逃げ〉の態勢に入ってしまったのだった。

つまり、私たちは〈風土に媚びている〉のであろう。

私は、ああ、風土に媚びてしまったなァと感じながら、ゴビのなかの、たった一本しかない、延々たる道を見つめた。

こんな延々たる道は、日本にはない。

どーんと一直線の新幹線を作れば、もっと早く着けるのに、政治家の私利私欲で、あっちへ曲がり、向こうへ曲がり、とんでもないいなかの駅で停まる。

日本は小さいので、それは仕方がないのであろうが、国土が小さいゆえの利権もあれば、それが大きすぎるゆえの利権のおそまつさというものもあるのであろう。

〈大きい、小さい〉のなかで、うまくやるのが役人というやつなのだと思い、占領軍の親玉、マッカーサーを思い出し、背の高いマッカーサーと一緒に写っている〈天皇〉を思った。しょせん、マッカーサーは政治的すぎる軍人だったかもしれないが、天皇は政治家ではなかったよなァ……と思いながら、ゴビの暑さをじりじりと感じ、戦争という分水嶺《ぶんすいれい》の恐ろしさについて朦朧《もうろう》と考えたが、戦後生まれの私に実感としてわかるはずはない。

フーミンちゃんが、自国を侵略したという日本に、原爆ミサイルを撃ち込みたいと思っていそうな気持が伝わったので、私は私で、シルクロードなんかをありがたがって、こんな不毛のところに来てしまったことに復讐《ふくしゆう》してやろうなんて考えだしたのである。しかし、どうやって復讐するというのか。私は、どうかしてしまっていたのだ。

「暑いなァ」

と私はフーミンちゃんに言った。

神経を尖らせながらも、車のなかではいつもうたたねをしているフーミンちゃんは、顔は寝たままで、体を起こし、

「私、暑クナイデス」

と言った。

「コレガ、シルクロードデス」

「へえ……。ああ、そうか、ここはもう中国じゃないんやな。ウイグル人たちの国なんや。シルクロードは、なぜウイグルの砂漠にできたか……。人々は道を選んだんじゃなくて、民族を選んだんやな。漢民族のいるところを避けて、親切で、人のところを侵略しようなんて考えてないウイグルの土地を通ろうとしたんや。人心の優しさは、風土の苛酷さを駆逐するってことなんや。とにかく、漢民族てのは人相が悪い。こんなに人相が悪い民族だとは思わなかったよ。その人相の悪さの根底には、人を支配したいっていうことを快楽の根にしてるとこがあるんやな。ウイグル人は、これまでの歴史のなかで、どこかを侵略するために悪事をなしたって記録があるかないか、フーミンちゃん、しらべてくださいよ」

この国に関しての批判がましいことは、いっさい口にしてはならないと決めたのは、どこのどなたであろう。なんのことはない。私が最も危険人物であったのだ。

「漢民族ガウイグルニイジメラレタ時代モアルネ。ウイグル人ハ刃物ノ使イ方ガウマイ」

「エスキモーだってそうやよ。鯨をさばくナイフの使い方なんて、芸術的や」

「先生、ドウシテ、私タチ漢民族ノ悪口バッカリ言ウノ？　ナニガ先生ノ機嫌ヲ悪クシマシタカ？　中国ノ原爆、コワイノネ。クックックッ……。先生、コワガッテマスネ。

クックックッ……。中国人ガ一番醜イト感ジル民族ハ、日本人デス。私、ハッキリ、言イマス。日本人ハ醜イ。日本人ハ、小サナ猿。電卓持ッテル猿」

「そんな猿に侵略されやがって、なさけないと思わんのか」

「ナサケナイ。酒ヲ飲ムト父ハソウ言ッテタ。アンナ小サナ国ニッテ」

「えらそうに言うな。きみらは、どこでもパンツ一枚で歩くやろ。どこでも痰《たん》を吐くやろ。歯を磨くとき、歯ブラシを動かさないで、口を動かすやろ。顔を洗うとき、顔を動かすやろ。体を洗うときはどうするんや？　権力に媚びるときは、何を動かすんや」

「先生、言ッテイイコトト悪イコトガアリマス。……私、帰ル。アンタタチノコト、知ラナイ」

「日本人を、電卓持ってる猿っていうのは、言っていいことやっちゅうのか。よし、わかった。じゃあ、西安であげた三千元のチップを返せ。利子つけて返せ」

「アレ、モウ使ッテシマッタ」

「そんなこと知るか。返せ」

「ナイモノハ、返セナイ」

「どこで使ったの？」

「カラオケ・バー」

「天水にカラオケ・バーなんてあるのか？」

「アリマス、アリマス。中国ノドコニ行ッテモ、カラオケ、アル」

「へえ……。日本人はカラオケ猿か……」

「日本人ハエライ。カラオケ作ッタ。トッテモ、エライ」


ハヤトくんが、車を停めてくれと運転手に言った。地平線の彼方まで延びている道を撮ろうとしたのだった。

車は停まり、ハヤトくんは三脚を立てて、カメラをセットした。

何回かシャッターを切ってから、ハヤトくんはふいに顔をしかめた。コンタクト・レンズを落としたのだった。

風は強く、アスファルト道は熱い。

みんな道に這《は》いつくばって、ハヤトくんのコンタクト・レンズを捜した。

「ミツカラナイネ」

とフーミンちゃんが言った。ろくに捜そうともしていない。

「道も中国人やな。道が動いてる。物を落としたら、中国の道は動く」

と私が言ったら、

「先生、ケンカ、ヤメマショウ。私、クンジュラブ峠マデ行キマス。コンナ道デ、コンタクト・レンズ捜スノハ日本人ダケ」

とフーミンちゃんは言った。

熱いアスファルト道で全員四つん這いになってハヤトくんのコンタクト・レンズを捜したが、ついにみつからなかった。

替わりのコンタクト・レンズはもう一組持ってきているが、これから先こそが厳しい地域で、四六時中ファインダーをのぞきつづけていると、いつまた落としてしまうかもしれない。

「また落としたら、お手あげですよ」

とハヤトくんは困り果てたといった表情でつぶやき、きょう酒泉《しゅせん》に着いたら、日本に電話をかけて、奥さんにコンタクト・レンズを郵送してもらおうかと思案している。

「送ってもらうって、どこへ？」

とワリちゃんが訊き、予定表を強風のなかでひろげた。

「きょう酒泉からうまく電話がつながったとして、女房が郵便局に行くのはあした。こっちに届くのに二週間かかるとしたら、カシュガルのホテルに送ってもらうしかないなァ」

「もし二週間で着かなかったら、ぼくたちは中国から出てパキスタンに入っちゃいますよ。行き違いになる可能性のほうが高いよね。とにかく、このシルクロードですからね」

ハヤトくんはしばらく考え込んでから、念のためにと日本から持ってきたゴーグルをかけた。花粉症対策のための特殊な眼鏡だが、それをかけていればコンタクト・レンズを落とす確率は低いし、飛んでくる砂からも目を守れるという。

「田中勇人のコンタクト・レンズ、ゴビの塵《ちり》と消える、か。まあいいじゃないか。目からウロコが落ちたから、さらにいい写真が撮れまっせ」

と私は言って、手に持っていたミネラル・ウォーターの壜を口に運んだ。壜のなかの水は湯のようになっている。

マイクロバスは再び長い長い凸凹《でこぼこ》のアスファルト道を走りだした。行けども行けどもゴビ、ゴビ、ゴビ。そしてときおり貧しい農地。ただひたすらその繰り返しである。遠くで竜巻が生まれ、たちまち消えていく。

午前十一時に山丹《さんたん》県というところにたどりついた。漢の時代、匈奴《きょうど》の侵入を防ぐために、ここに長城を作って軍馬を育成したという。現在でも、中国の軍馬の産地であり、二十万頭の馬が飼育されている。

馬を育成するためには水と草が必要だが、ゴビにはトゲだらけのラクダ草以外、何もはえていない。しかし、祁連《きれん》山脈に目を投じると、雪解け水の水路の跡が、緑色の複雑な血管のように見える。

おそらく、その緑色の部分に豊かな草が茂っているのであろうが、あまりにも遠くにあるので、私たちの目にはまばらな苔《こけ》のようなものにしか見えないのである。

気がつかないうちに標高が高くなっていて、風の熱が下がった。ゴビはほんの少しのあいだ姿を消し、緑色の粉をまぶしたような丘と平原があらわれ、それを食《は》む馬とロバの数が増えた。

山丹県を過ぎ、ゴビのなかの道を走り、午後一時前に張掖《ちようえき》市の郊外に入った。緑は豊かになり、砂なつめの樹林が茂り、ポプラ並木がつづいた。

オアシスは突然あらわれるのではない。ゴビの陽炎の奥に、ほんの小さな黒っぽい点が浮かび出て、それは近づくにつれて緑色になり、ああ、あそこにたくさんの木が茂っていると思ううちにオアシスだと気づくのである。

熱砂以外何もないところにいると、私たちはひたすらオアシスを渇仰《かつごう》する。オアシスが近づくと安堵《あんど》し、涼しい木陰で休めるという歓びにひたる。

けれども、オアシスのなかの町に一歩足を踏み入れると、いっときも早くゴビへと逃げていきたくなる。

なぜなら、オアシスこそが最も不潔な場所であるからなのだ。日中は地表の温度が八十度に達し、朝晩は一度か二度に下がる乾燥し切ったゴビは黴菌が繁殖しない。いわば無菌室に近い状態にあると言ってもいい。

　そんなところから、涼しく快適で人々の生活排水が垂れ流されているオアシスに入ると、人間の免疫能力のバランスが崩れて、たちまち黴菌にやられてしまうのだ。快適であるということは、黴菌にしてみてもすごしやすい。

　そのことがわかってきたにもかかわらず、オアシスが近づくと、ああこれで少し休めると安堵の思いにひたってしまう。


　農業を主とする張掖の町に入って、これまでの町とまるで異なる落ち着きを感じた。町のなかに緑は多く、街路は掃除が行き届いていて、静謐《せいひつ》なのだ。

　武威と酒泉の中間にあって、二つの都市に腕を伸ばすという意味で張掖と名づけられたこの町は二千年の歴史を持っている。

「酒泉で一泊するより、この張掖に泊まったほうがよかったな」

と私は言ったが、もし張掖で泊まれば、あす敦煌《とんこう》へ向かうために五百キロ以上もゴビのなかを進まなければならないのだった。

　私たちは張掖のホテルで昼食をとった。

　煮たった土鍋に、白菜と春雨と豆腐、それに鶏肉をすりつぶして団子にしたものが入っている。つまり、つくねで、まったく日本のそれと同じである。

味は上品な薄味で、私たちはうっとりとその味を楽しみ、

「うまいなァ」

と感嘆の声をあげた。

「ウン、ウマイネ。コノチャーハンモ、トテモウマイ」

フーミンちゃんもそう言った。

「原爆で味付けしてるのかな」

「先生、シツコイ。モウヤメマショウ。私、絶対ニコレカラ原爆トイウ言葉使イマセンカラ」

「小説家はしつこいの。しつこくない人間は小説なんか書けないの」

「私、アヤマリマス。私、原爆反対」

「そう、原爆は悪魔の産物や。すべてが破滅するからな。だから、それを使うやつは悪魔や」

「ココノビール冷エテマス。モウ一本ドウデスカ?」

「おっ、冷えたビールなんて久しぶり。飲もう、飲もう、水より安全や」

食事を終えて戸外に出ると、気温は上がっていて、その強烈な暑さに、私たちは言葉もなかった。

張掖に、わずかに昔日のおもかげが残っているとすれば、それは〈歴史〉というもの

の気配によってかもしだされる落ち着きのようなものであろう。

シルクロードの要所として、すでに隋《ずい》の時代に、この地には中国で最も大きな国際市場があり、万国博覧会が催されたという記述が残っている。中国における隋の時代は、日本の飛鳥時代である。

その張掖をあとに、ゴビのなかの道を進むと蘭新《らんしん》鉄道の線路と再び出逢ったのだが、蘭州とウルムチを結ぶこの鉄路の側で、私たちは初めて十数頭のラクダを目にしたのだった。

カザフ系の粛南裕固《しゅくなんユーグ》族と呼ばれる若い男女が、ポプラの枝で作った長い杖《つえ》を持ってラクダを草のあるところに追っていた。

追うといっても、ラクダの気分のままに、草を求めて、強い日差しと風のなかを歩くといった感じだが、私たちはラクダを写真に撮ろうとして、二人に近づいていった。

二人が夫婦なのか兄妹なのか、それとももっと別の関係なのか、私たちにはわからない。フーミンちゃんは昼食を食べすぎて眠そうで、車のなかから降りてこない。

もしフーミンちゃんが通訳をしてくれても、杭州《こうしゅう》出身のフーミンちゃんとカザフ系の少数民族との会話がどこまで成立したかは疑問である。

髪に赤いリボンをつけた女も、柔和な目をした男も、日に灼けて、何日も風呂どころか顔すら洗っていないように思われる。

私は男のほうに近づき、日本語で、

「このラクダ、あなたたちのですか？　ラクダを飼うのがお仕事ですか？」

と訊きながら、ラクダを指差した。

男は警戒心をあらわにさせて、私を不安そうに見つめたが、私の日本語の意味するところは見当がついたらしく、小さくうなずいて、杖の先を南のほうに向けた。

あっちのほうからラクダと一緒にやって来たと説明していたのであろう。

私は、男に煙草をあげた。男の目から警戒心が消え、三本のうちの一本を口にくわえ、残りを上着のポケットにしまった。

私はライターで火をつけてあげようとしたが、風が強くて、いかなる方法を講じても、男のくわえた煙草に火をつけることはできない。

男は、あちこちのポケットをさぐり、マッチの箱を出した。ひしゃげた箱のなかにマッチの軸は三本しかなかった。

きっと、男にとっては貴重な三本であろうと思い、マッチの軸を使わないよう身ぶりで制して、私はなおもライターで火をつけようとした。

そんな私を逆に制して、男はマッチの軸をすると同時に上着の衿《えり》でそれを覆った。

たった一回で煙草に火がつき、男は、強い風のなかで火をつけるにはこうするのだというふうに大きな掌を丸めてみせた。ライターでは、こうはいかないと言いたかったのであろう。

私が笑うと、男も声をあげて笑った。

ラクダを追っていたハヤトくんたちが、遠くで私と男を見て不思議そうにしている。

「絶対に言葉が通じないはずなのに、なんであの二人は和気藹々《わきあいあい》と笑ってるわけ？」

とみんなで首をかしげていたのだという。

そのうち、ふいに女が怒り出し、杖を振りあげて近づいてきたので、ワリちゃんもハヤトくんも驚いて逃げだした。

「急に怒りだしたんです。ぼくたち、なんにもしてないのに」

ダイとハシくんが言った。

せっかく、ラクダたちを少ない草のあるところまで誘導してきたのに、見知らぬ人間たちが写真に撮ろうと近づいたので、ラクダは怯えて草のあるところから離れてしまい、女はそれを怒ったらしかった。

男が、そんな女をなだめて何か言ったが、女の機嫌は直らない。

フーミンちゃんが車から降りて来て、

「コノ女、頭オカシイ。早ク行キマショウ」

と叫んだ。

「なんで頭がおかしいってわかるの？」

と私が訊くと、

「コンナコトクライデ怒ルノハ、頭オカシイ」

フーミンちゃんは言った。なんだか理不尽な解析である。

たくさんの乗客を乗せた列車がウルムチの方向へと走り過ぎた。

もし、乗客のなかに日本人がいて、うだるような熱気に満ちた車内からゴビをぼんやり見ていたとしたら、ゴビのラクダ飼いの女に追いかけられて逃げ廻っている日本人を不思議に思ったことであろう。

酒泉に着いたとき、日はまだ高かった。

私たちのホテルは、五階建ての団地に囲まれる格好なので、まるで風が入ってこない。町には屋台が並び、街角のあちこちから歌が聞こえる。中国の演歌をカセット・デッキで流しているのだった。それは夜の三時近くまでつづいた。

夕食を終えて酒泉の町に出て行ったワリちゃんとハヤトくんは、小一時間ほどで戻ってきて、大道芸人が路上でいろんな芸をやっていると教えてくれた。

私の部屋の真向かいの団地は、それぞれの家庭が夕餉《ゆうげ》の支度を始めている。窓にカーテンをしている家庭はなく、その気になれば幾らでも部屋のなかでの営みをのぞくことができる。

たいていの家庭では、亭主はパンツ一枚、女房はスリップ姿で、外から見えていることなどに頓着していない。

昭和二十年代から三十年代半ばあたりまで、日本の下町でも同じような風景があったなと思い、私は、洗濯をしているダイとハシくんの部屋へ行った。

「大道芸人、見てこいよ」

私の言葉に、

「洗濯が俺の仕事。いま洗濯しないと、あした着るもんないよ」

とダイは言い、

「腹が痛くて。またひどい下痢なんです」

とハシくんはベッドに横たわったまま、力なくつぶやいた。

慢性的にお腹の調子が悪いのは、ハシくんだけではない。全員がそうなのであるが、原因がよくわからない。

西安の草堂寺門前で食べた西安風冷やしそばの一撃から立ち直っていないのか、もしくは天水のラーメン、あるいは西瓜《すいか》なのか、蘭州や武威で買い込んだミネラル・ウォーターが偽物なのか、ひょっとしたらそれらすべてのせいなのか、どうにもわからないのである。

酒泉の町には、カセット・デッキから流れる中国の演歌の大音響が絶えようとしないし、窓をあけると破れ穴だらけの網戸から蚊が入ってくるし、ベッドに腰かけていると、まるで正面の団地の部屋を盗み見ているように誤解されそうなので、私は元気を絞りだしてシャワーを浴びることにした。

体を動かすのが億劫《おっくう》で、シャワーを浴びるにも根性が必要になっている。

シャワーを浴び、歯を磨いているとき、私は、

「これや、この水や」

と声に出して叫んだ。腹具合の悪さの元凶は、シャワーと歯磨きにあったのだと思ったのだった。これこそ、正真正銘の生水ではないか、と。

熱いお茶と火を通した食べ物、そしてミネラル・ウォーター以外は口にしなくても、シャワーの湯も歯を磨く際の水も、すべて水道水で、それこそ最もおそれている代物なのである。

しかし、一滴も口に入らないようにシャワーを浴びるのは不可能だし、歯磨きにいたってはどうしようもない。

私は洗顔と歯磨き用の湯を沸かす以外に方法はあるまいと考えながら、抗生物質を服み、部屋の明かりを消してベッドに横たわった。

また後頭部から何十人、何百人もの人間の匂いがたちこめてきた。枕カバーは洗っても、枕は洗うどころか日に干すこともないのであろう。

私は枕を椅子に投げ、自分のバスタオルやセーターを丸めて、それを枕にした。目を閉じると、ゴビのなかの一直線のアスファルト道が陽炎で揺れながら浮かびあがってくる。

心のなかでうしろを振り向くと、アスファルト道は地平線の彼方に消えていて、前方を見つめても、それは地平線の彼方に消えていく。道を視界からさえぎるものは何ひとつない。

父が中国を語るとき、必ず話の前置きとして口にした言葉が甦る。

「朝、東からのぼった太陽は、夕方、西へ落ちるまで、いかなるものにもさえぎられず、人間どもを照らしつづける。地平線からのぼって地平線へと消えていく。この意味がわかるか？　日本に、そんな場所が一ヵ所でもあるか？　中国がどれほど大きな国かということだ」

たしかに、一本の道が、地平線から地平線へと延びていて、それを途中でさえぎる障害物がないという光景を、私たちはすでに何度も目にしている。

それなのに、その途轍のなさに感じ入る余裕を失くしていたのだと私は思った。

あすの午前中に、私たちは酒泉から西へ二十五キロのところにある嘉峪関《かよくかん》に着く。

東は渤海湾《ぼつかいわん》に臨む山海関《さんかいかん》に発した万里の長城は六千キロ彼方の嘉峪関でゴビのなかに消えるということだから、嘉峪関は、万里の長城の西の終わりであり、西域からやって来た人は、ここでラクダを馬に換え、逆の人は馬をラクダに換えると言い伝えられる場所なのだ。

六千キロ……。山海関から嘉峪関まで六千キロの長城を築いて、匈奴の侵入を防ごうとしたその思考形態もまた途轍もないものである。

自分のものを何かで囲み切って守ろうとし、それを奪おうとする者は、さらに大きな円周で取り囲む。囲んでしまったほうが勝ちだとすれば、その攻防はまったく囲碁の世界のマクロ化であろう。

いや、逆かもしれない。宇宙的ミクロという観念があるとすれば、囲碁は途方もない陣取り合戦のミクロ化だといえる。

「でかいよなァ。俺たちはこの甘粛《かんしゅく》省からいつ出られるんや？　だけど、このでかい甘粛省よりもまだでかい新疆《しんきょう》ウイグル自治区の果てまで行って、そこから標高約五千メートルのクンジュラブ峠を越えて、パキスタンへ入って……。なんでこんな旅をしようなんて思ったのかなァ……」

私は絶望的になって窓をあけた。蚊や他の毒虫が入ってきても、それはそれでもう仕方がない。演歌の大音響が朝までつづいても、それも仕方がない。もうどうなとなりやがれ……。

私はそう思って、椅子に坐り直し、幾つかの団地の部屋を見ながらウイスキーを飲み始めた。ワリちゃんを呼んで一緒に飲もうかと思ったが、疲れて眠り込んでいるかもしれない。

団地の三階には若い夫婦がいる。亭主はベッドに腰かけてしきりに喋っている。細君は台所にいる。大きな中華鍋と一緒にニンニクの束が壁にぶらさがっている。ピンク色の扇風機が細君の髪をなびかせる。窓には洗濯物が干されたままだ。ナイロン・ストッキング、タオル、包帯。

包帯？　私は暗がりのなかで目を凝らしたが、やはりそれは包帯だった。亭主が怪我でもしたのだろうか。ここからはよく見えないが、細君は誰かに似ている。ああ、相撲取りだ。景気よく塩をまく水戸泉《みといずみ》にそっくりだ。痩せた水戸泉が、台所でアイロンをかけている。

寝室にカレンダーがある。カレンダーにはどこかの海の写真が使われている。あの若い夫婦は、これまで一度でも本物の海を見たことがあるのだろうか……。ひょっとしたら、生涯、海を見ないまま終わるかもしれない……。

午前二時に、演歌の大音響は消えた。

朝、酒泉を出発するとき、もうじき「風の底」に入りますとフーミンちゃんが言った。

「甘粛省ノ風ノ底ト呼バレテイマス」

「嘉峪関ヲ過ギマスト、敦煌ノ手前ニ安西《あんせい》トイウ所ガアリマス。ソコデ昼食ヲトリマス。ソノ安西ノ手前デ、風ノ底ニ入リマス」

「風の底？　どんなところ？」

風の底とは、またなんと中国的な表現であろうと思ったが、そこがいかなるところか、フーミンちゃんは具体的には説明しなかった。

しかし、表情のどこかが笑っている。行けば、どんなところかわかりますよといった笑いである。

「そこは楽しいところ？　苦しいところ？　快適なところ？　劣悪なところ？」

私は、しつこく訊いた。

「苦シクテ劣悪ナトコロ。私、アソコ嫌イ」

フーミンちゃんは、その場所を通らなければ、敦煌に辿り着くことはできないのだと言った。西域へ向かう者は、嘉峪関を避けることはできないし、「風の底」を通らないわけにはいかないのだ、と。

車がまたゴビのなかを走りだすと、私はあることに気づいた。気づいたというよりも、それをひとつの重要な事実として認識したといったほうが正しいのであろう。

西安を出発して以来、道のいたるところで道路工事が行われていて、そのために片側通行になっていたり、通行止めになっていて、いつも目的地に着くのが予定よりも大幅に遅れる。

その道路工事に従事する人々の大半が女性なのである。

ゴビに入ると、その肉体労働は苛酷になる。熱く溶けたアスファルトやコールタールの近くにいるだけで消耗するのに、ゴビにはそれらよりも厳しい暑さと砂埃があるのだ。道を工事している場所では、車はそこを避けて、ゴビのなかに入らなければならない。ここを通れとだれかが指示するわけではなく、砂に埋もれないところを運転手が選択して、注意深く迂回《うかい》するのである。

その地点が五百メートルの場合もあるし、五キロの場合もあるが、いずれにしても、運転手には熟練が要求される。

多くの車が通った轍《わだち》は掘り返されて、砂は深くなり、そんなところにタイヤを入れてしまったら、先へ進むどころか、アスファルト道に戻ることさえできなくなる。

砂埃が風に流されて視界がひらけると、工事現場には、ぶあつい服で肌を覆い、顔にも布を幾重にも巻いた作業員の姿が見える。そのほとんどは女性なのである。

遠くから、道路工事のために出稼ぎに来ている女性も多いが、近辺に住む女性が現金収入を得るために肉体労働を志願するのが通例だという。

おそらく、作業をつづけられる時間は一時間が限界かと思われる。いや、三十分かもしれない。いやいや、十五分かもしれない。

私のような軟弱な人間は、十五分で倒れてしまうであろう。それほどに酷暑のなかの烈しい労働である。

だからであろうか、工事現場には、熱い道に死んだように横たわっている女性がいる。休憩を許されたのか、それとも疲れきって倒れたのか、私たちには判別できないが、日差しと乾燥から身を守るための衣服からほんの少し出ている手とか足の形で、それが女性であることが辛うじてわかるのである。

その年齢など推測できない女性たちが、休憩のためにせよ、力尽きたのにせよ、一点の日陰もない工事現場に死んだように横たわっている姿を、西安を出てからいったいどれほど目にしてきたことであろう。

それなのに、私は、その姿に何も感じなかった。仕事に疲れた女性が休んでいるといった印象しか持たなかった。私自身が疲れていたからだ。

けれども、フーミンちゃんの口から「風の底」という言葉が出た瞬間、それら女性の姿が、なぜか累々たる死体に見えたのだった。「風の底」が、いかなるところなのか、私にはまだわからないが、その言葉には、どこか残酷なものが秘められているような気がした。

「風の底って、どんなところなの？」

私は、フーミンちゃんにあらためて訊いた。訊いてみなくても、そこに行けばわかるのに、訊いてみたくてたまらなくなってしまった。

フーミンちゃんは、こう説明してくれた。

敦煌に近づくということは、タクラマカン砂漠に近づくことを意味している。しかし、タクラマカン砂漠の真っ只中《まただなか》というわけではない。

甘粛省の北西は、祁連山脈と馬鬃山《ばそう》に挟まれたゴビである。そのはるか北東にはシベリアがある。

シベリアの冷たい空気は、祁連山脈と馬鬃山のあいだのゴビという盆地に猛烈な勢いで流れ込む。なぜなら、冷たい空気は熱いところに移るという単純な物理現象が生じるからだ。

この冷たい空気が、中国の北東部の都市のありとあらゆる紙屑《かみくず》、ビニール袋、軽いゴミ、汚物等々を、何千キロも離れた甘粛省の北西部へと飛ばしてしまう。

「行ッテミタラ、ワカリマス。ホントニ風ノ底。日本デハ何ト言イマスカ？　夢ノ島？」

フーミンちゃんは、笑いながら言った。

「夢の島？　フーミンちゃんは見たことがあるの？」

「写真デ見マシタ。日本人モ面白イ。風ノ底ヲ夢ノ島ト言イマスネ」

嘉峪関が、ふいに前方にあらわれた。まだ朝の十時前で、暑さはさほどではない。想像していたよりも堂々たる威容で、嘉峪関はゴビのなかにその厚みのある姿を見せている。

私は、どうせ風と砂にさらされた遺跡に毛がはえた程度の代物であろうと思っていたので、往時のままのたたずまいを保つかのような嘉峪関に少し驚いたが、数年前、井上靖氏の『敦煌』が映画化された際、その重要な撮影地として修復されたのだという。馬に乗った使者が駆けのぼれるように、砦には階段だけではなく石のスロープまでが設けられていて、匈奴との攻防が日常的なものであったことをうかがわせる。

私たちは嘉峪関のなかに入り、階段やスロープをのぼって見張り台のところへ行った。ちょうどその日は、映画の撮影をしていて、旧日本軍の軍服を着たエキストラたちが、ざっと見渡しただけでも三百名くらい集まっていた。

悪玉・日本軍を降伏させた中国紅軍《こうぐん》の英雄が、捕虜の日本兵を整列させているところに凱旋《がいせん》してくるシーンを撮っている真っ最中であった。

「あのォ、ここに本物の日本人がいますよ。みんな戦争が終わってから生まれた連中ですけど、エキストラにいかがでしょうか」

私は撮影隊のひとりに城壁の上から言ったが、遠すぎて聞こえないようだった。

「外国映画の世界では、日本軍とドイツ軍は永遠に極悪非道な悪役だよな」

と私は撮影の様子を眺めながら言った。戦争というものそれ自体が極悪非道なのだと思いながら、日の丸の旗が焼かれるシーンに見入った。

「クッソー、あんなことしやがって」

と私は言った。

「サア、嘉峪関ヲ過ギタラ、トテモ厳シイ道ニナリマス」

フーミンちゃんは急いでいるようだった。安西という町で昼食を取る。それ以外に食堂のある町はない。しかし、安西までは長く、〈風の底〉を通らなければならない。途中、どこで道路工事が行われているかわからない。

もし何ヵ所かで工事があれば、そのぶん敦煌に着くのは遅れてしまう。嘉峪関から敦煌までは四百二十キロである。

治安が悪化していて、夜になると、銃を持った強盗団が行く手をさえぎり、金品を強奪する事件が増えているので、明るいうちにオアシスに着きたいのだ。

嘉峪関を西に走りだしたとたん、猛烈な暑さが襲ってきた。右も左も茫々《ぼうぼう》としたゴビばかりである。

「あんなところに湖がありますね」

とハヤトくんは言ったが、すぐにそれが蜃気楼だと気づき、カメラを向けた。

「砂漠の浮島ですね」

ワリちゃんはそう言ってから、

「どう見たって湖ですよ。誰だってだまされるでしょうね」

とつぶやいた。

もう至るところ、蜃気楼である。右を見ても左を見ても、遠くにオアシスと湖がある。そのあやかしの光景のなかを小さな竜巻が走って行く。

百キロ近く走ったころ、本物の湖が見えた。

「いや、だまされるなよ。浮島かもしれんぞ」

私の言葉に、ハヤトくんは首を振り、地図の一点を示して、たしかにここに小さな湖があると言った。

「行ってみましょうか」

「行こう、行こう。湖に足をひたしたい」

ワリちゃんとハシくんとダイは本気だった。

すぐ近くのように見えるが、それは目の錯覚で、ゴビのなかを行けども行けども辿り着かないかもしれないので、やめたほうがいい。フーミンちゃんはそう言った。

けれども、危険だと思ったらすぐに引き返してくると約束して、ワリちゃんとハシくんとダイは歩きだした。

風は強く、三人が五十メートルも行かないうちに、どんなに大声で呼んでも聞こえなくなってしまった。風が我々の声を吹き飛ばしてしまうのである。

「仕方ナイネェ。明ルイウチニ敦煌ニ着カナイトイケマセン」

フーミンちゃんが舌打ちをしたので、私はもう一度、声を限りに三人を呼んだ。

「ダメダメ、ソンナ小サナ声デハダメ。私ガ呼ビマス」

フーミンちゃんは、三人に向かって一回だけ大声で叫び、

「モウダメ。聞コエナイネ」

とあきらめてしまった。

私はおかしくて笑った。そんなにすぐにあきらめるくらいなら、私の叫びを制して、自分が大声をあげなければいいのにと思ったからだった。

「あきらめが早いなァ。気が短いんやから」

「コノ風ハ強スギル。私ハ気ガ短スギル。先生ヨリモ長イケド」

三人はゴビの彼方で点のようになり、私たちの視界から消えた。運転手もあきれ顔で遠くの湖を見つめた。

私は空を見上げ、太陽の位置をさぐったが、嘉峪関を過ぎて、太陽の輪郭が失くなってしまっていることに気づいた。

あのあたりに太陽があるということはわかるのだが、そして太陽が三角のはずもない

のだが、頭上の太陽はぼやけている。

「雲もないのに太陽の形が見えないんやから、あれは空じゃないな」

と私はハヤトくんに言った。

ハヤトくんは、カメラのあちこちに侵入している微細な砂を取る作業に没頭しながら、

「空じゃないんですか？」

と訊き返した。

「うん、もうここからは空じゃなくて天やな。ここに空はない。天だけが君臨してる」

三人が消えた方向とは反対側に、土を盛った無数の何かが見えた。それは武威を出てから、ときおりゴビのなかに並んでいた。

「墓地デス」

とフーミンちゃんは言った。

このあたりは火葬の習慣がなく、ゴビに土葬されるという。

その土饅頭のような墓に碑はなく、埋葬された人の名もない。

「我、土より生まれたれば土に還《かえ》る、やな」

私はそうつぶやきながら、ゴビのなかの墓の周りに生まれた三つの竜巻がぶつかりあってひとつになっていくのを見ていた。

三人は二十分ほどしてゴビのなかを帰って来て、まぎれもなく湖があり、水辺に足をひたして遊んだが、自然の湖なのか人工のそれなのかわからないような、何の興趣もない大きな水溜まりにすぎなかったと言った。

「行キマショウ、安西マデ行ッタラ、ソコカラ敦煌マデハスグデス」

フーミンちゃんは三人を車にひきずり込むようにして出発を促した。

「ここから先は天ばっかり。天とゴビと、ところどころにお墓……」

私はさっきの詩のあとにつづく言葉を思い浮かべようとした。

「我、土より生まれたれば土に還る。一人にて生まれたれば、一人にて死す」

そのあとをどうしても思い出せない。誰の詩だったのかさえ忘れてしまっている。

しかし、ゴビのなかの土の墓に対して、これ以上ふさわしい詩はないように思われる。

三十分ほど進むと、道にひとりの青年が立っていた。自分を乗せてくれる車を待っているという風情ではない。どこかから来て、どこかへ行こうとしている。

けれども、四方八方、ゴビだけで、どんなに目を凝らしても、オアシスを思わせる黒い点も、風と熱砂をふせぐ小屋もない。

いったい、この青年はひとりでどこから来て、これからどこへ行こうとしているのか。

ぶあつい人民服を着て、素足に布製の靴を履き、私たちの車が通りすぎると、道を東のほうへと渡り、ゴビのなかを歩きだした。

その青年の姿がゴビの石ころのようになったとき、道のはるか後方から光の塊が疾走してきた。

それは一台のキャデラックであった。さほど旧式のアメリカ車ではなく、せいぜい四、五年前の型かと思われる。

「西安でもアメ車なんか見なかったですよね」

とワリちゃんは言った。

そのキャデラックは、私たちの車にクラクションを鳴らし、道をあけろと促してから、猛烈な速度で追い越して行った。

乗っているのはみな中国人で、運転手は中年の父親、助手席に坐っているのは女房、後部座席には娘、息子、その他親戚といったところである。

彼等は私たちの車を追い越してから、喚声をあげて私たちに手を振った。追い抜いてやったぞ、ざまあみろ、こら悔しいか、悔しかったらこのキャデラックに追いついてみろ。

みなそのような笑い方である。

この地方にもキャデラックに乗る人がいるのかと私は笑いながらつぶやいたが、フーミンちゃんは、どこか遠くから来たのに違いないと答えた。

「アノ車ガ、ゴビデ役ニ立チマスカ？」

たしかに、ゴビのなかどころか、波打つアスファルト道にも適していない。


昼の二時を廻ったころ、私たちは「風の底」に入った。

シベリアからの北東の風に乗って数千キロの旅をしてきたビニール袋、紙袋、新聞紙等々が、ゴビを覆っている。夜になって温度が下がると、いままさに天に浮遊したまま、地表の熱さで降下できないでいる夥しいゴミたちの落下が始まるという。そしてそれらの半分近くは、地表の温度とともに上昇し、甘粛省のいずこかへ散っていくのである。

私は、この現象は往古から起こっていたのかとフーミンちゃんに訊いた。石器時代も、殷《いん》の時代も、春秋戦国の時代も、秦や漢の時代も、ここは「風の底」であったはずにちがいないと思ったのだ。

「タブンネ。デモ、昔、ビニール袋ハナカッタネ」

だが、紙に書かれたものは、ときおりシベリアからの北東の風に巻き上げられ、この地へ運ばれたとすれば、そこに書かれた言葉によって、中国東北部の状況、もしくは人々の生活ぶりを伝える貴重な情報を得ることもあったかもしれない。

ここへ来て、ゴビにちらばっている紙を探せば、遠いシベリア近くの国々の様子を知る糸口を得ることができたとすれば、「風の底」と日本の「夢の島」とを同じ範疇《はんちゅう》に入れるわけにはいかない。

破り捨てられた恋文もあれば、お上が出した発令書もあったであろう。誰かの日記や小遣い帳、もしくは借金の念書、政治的謀略を指示する密書……。

「まあ、大事な密書を風にさらわれるやつもいたかもしれないよなァ」

私が数千年前の「風の底」を空想していると、最悪の事態が行く手にあらわれた。

「風の底」の真ん中あたりから道路工事が行われていたのだった。

それまではアスファルト道から「風の底」を見ていたのに、私たちの車は標示板に従ってゴビのなかに入り、「風の底」そのもののなかを進むはめになった。

いったいどこを進めば、砂に埋もれないですむのか、まったく見当がつかない。何台ものトラックが立ち往生している。風とタイヤが巻き上げる砂で、視界は十メートルもないありさまなのだ。

「あっ、さっきの成り金」

とダイが叫んだ。

キャデラックが、車体の半分近くを砂に埋めてしまっている。もはや抜け出ることは不可能な状態で、車の持ち主は砂の上を走って、通り道をみつけたトラックの運転手に金を払い、ロープで引っ張り出してくれるよう頼んだが、引っ張れば引っ張るほど、キャデラックは砂に埋まっていく。

「もうあかんな。あの連中、キャデラックのなかでミイラになるしかないな」

とダイは言った。

少々の金を積まれても、トラックの運転手はもうキャデラックを助けようとはしない。そんなことをすれば、自分の車も砂から出られなくなるからだ。

工事区間は長かった。十キロ、いやもっとあったかもしれない。私たちが「風の底」から出るのに二時間近くかかった。

私はいまこれを書きながら、あのキャデラックの持ち主がまだ「風の底」で助けを求めて、札束を手に走り廻っているような気がしている。

いったい、どこまでが「風の底」だったのかわからないが、とにかく、私たちはアスファルト道を走りだし、午後三時半に安西という小さなオアシスに入った。

安西は、砂だらけの、干涸《ひから》びた、いやに色彩豊かな町である。

町といえば、日本人はどの程度の大きさを思い浮かべるのであろう。

町……。まず、人間が住むだけの機能を持っている。電気があり、水道があり、たとえ少なくとも、五、六百人の人口があり、公衆電話の一台くらいはあり、日用品を扱う店があり、少々の娯楽設備もあり……。

つまり、生活できるところなのだが、そして、安西もそのくらいの機能は備えているのだが、決して町と呼ぶわけにはいかない。

町というには暑すぎるし、町というには人間が少なすぎるし、町というには、あまりにも乾燥しすぎていて、豚やヤクやロバが多すぎる。

それなのに、町をうずめている色彩は、新宿の歌舞伎町や大阪のミナミの路地裏よりもどぎついのである。

町に一軒きりの雑貨屋、電気器具屋、自動車修理屋、ガソリン・スタンド、散髪屋、仕立て屋……。そのどれもが、原色の赤、青、黄で飾られている。

安西の「道口香飯店」ごときは、玄関のドアが紫色、天井が青色、壁がピンク色、カーテンが黄色。干涸びて、死ぬほど腹をすかせた私たちにとっては、その蠅だらけの食堂の内部は、風の底にまだ不可解な底があって、まるで不揃いの虹のるつぼに落ち込んだような思いを抱かせる。

「もう三時半だぞ。ほとんど四時とおんなじ。敦煌に着くのは七時だとしたら、晩飯まで三時間しかない。ここで昼食を食わないで、耐えて耐えて敦煌に行って、敦煌で、うまい晩飯を食うほうがいい」

と私は言いながら、黄色のビニールのカーテンの奥の席に坐り、

「大盆鶏《ターパンツィー》」

と叫んだ。

どうせ、この店でも、まともに食えそうなのはターパンツィーだけにちがいない。

しかし、風の底で干涸びてしまった身には、何かのスープがありがたいが、そんな代物が、この蠅だらけの、経営者の幼い息子と娘が水道の蛇口のところに坐って水遊びをしている店にあるとは思えない。

母親は、貴重な水道水で遊んでいる子供たちを蠅叩きで叩きながら怒っているし、父親は、せっかく昼寝でもしようと思っていたところに、機嫌の悪そうな日本人たちが入って来て、その客たちよりも機嫌が悪い。

「ターパンツィー。ビール、何かのスープ、野菜、みんな火を通してね。いやちがう。ビールには火を通さないで。チャーハンあるかな。ないだろうな。ここには米がないからな。麺でいい。だけど、麺にも絶対に火を通してちょうだい。嘘ついちゃいけませんよ。私は、麺に火を通すところを、ちゃんと見届けますよ。お水は結構。お水なんて、飲みたいけど飲みません。トマトはないかしら。ないだろうな。トマトと玉子をゴマ油で炒めたものを三人前。まあ、それもないだろうな。とにかく、先にビール。おたく、冷蔵庫ある？　ないだろうな。でも湯みたいなビールでもいい。水よりましだから。ピーマンも食いたい。ピーマンと豚肉を炒めたやつ。唐がらしをきかせて。でも、それもないよね」

私はそうまくしたて、フーミンちゃんはそれをほとんど理性を喪失した顔で正確に通訳した。

ダイは、白いビニールのテーブル・クロスを真っ黒にしている蝿たちを力なく見つめ、ハシくんは夢遊病者のように椅子に坐って、いまにも崩れかけ、ワリちゃんとハヤトくんは、地図を見ながら、

「俺たちの旅って、少しも進んどらんがや」

と富山弁でつぶやいている。

しかし、私が求めた料理は、すべて運ばれてきたのだった。

「道口香飯店」の大盆鶏は、この旅のなかで、もっともうまかったし、トマトと玉子のゴマ油炒めも、ピーマンと豚肉も、日本のテレビに出演して、たかが料理を哲学か美学かなんかにしてしまっている料理人の代物が可哀想《かわいそう》に思えるほどにうまいのだった。

「ここ、どこ？」

「安西」

「このレストランは……」

「ただの食堂ですけど、名前は道口香飯店」

「うまいなァ」

「信じられない」

「これこそ、大盆鶏。大盆鶏のなかの大盆鶏」

「このトマトは、どこから持って来たんでしょうね」

「ビールの冷え方は……」

「ミュンヘンのビアホールみたい。行ったことないですけど」

「うまいなァ」

「しみじみと、うまいですよねェ」

「蠅までうまそうに見えてきた」

「しあわせですねェ」

「何が？」

「生きてるってことが」

「ミュンヘンに行ったことないの？　大学三年のとき、ヨーロッパを旅行したって、天水で言ったよね。毎日毎日、いまの奥さんに手紙を書いたって。ヨーロッパの郵便代は安かったからって。六十日の旅で、三十五通書いたって」

「先生、そのこと、この旅の紀行文では、絶対に書かないで下さいね」

「あたりまえじゃないですか。ぼくは口が堅い作家として知られてるんだよ。私は口が裂けても言いません。絶対に、そんなプライヴェートなことを言ったりするもんですか」

「心配だなァ」

「口が裂けても言いませんって言ったんですからね。口が裂けたら、書くかも。あんな可愛い女の子を、たった三十通かそこいらの手紙でだましやがって」
ワリちゃんの不安は、いまここに適中した。

第六章

星星峡への憧れ

敦煌の沙州故城

安西《あんせい》のちっぽけな食堂・道口香飯店を出て敦煌《とんこう》をめざした。

一時間もたたないうちに、河西回廊《かせいかいろう》の西端の最も大きなオアシスに近づいているという実感に包まれている。

ゴビの行く手に、小麦畑があらわれ、綿畑が延々とつづき、とうもろこし畑やりんご畑、なつめやあんずやざくろの樹林が次第にその面積を拡《ひろ》げていく。

そんじょそこらのオアシスではなく、確固たる都市としてのオアシスが、シルクロードの歴史そのものとして待ち受けている予感に駆られるのである。

ゴビのなかの道に行き交う人々は増え、ロバ車はいたるところで私たちの車の行く手をさえぎり、スローガンを書きなぐった建物や壁とともに、喧噪と人間社会の磁力がどこからともなく出現し、蔓延しはじめる。

たしかに敦煌の町に入ると、おなじ河西四都と呼ばれる武威《ぶい》、張掖《ちょうえき》、酒泉《しゅせん》とは異なる趣によって占められていることを知る。

民族的な分布でいえば、漢民族の地域と、そうではない民族の地域との明確な境を成す都市として、敦煌は往古から独自の役割をになってきたのだが、それはつねに仏教文化の芸術的発露の舞台を基盤にしていた。

しかしそれだけではなく、中国世界と他の世界との関所としても極めて重要な都市でもあった。

漢の時代においては、西域への道は、敦煌からは二つであった。

ひとつは西域北道であり、もうひとつは西域南道で、前者は敦煌から玉門関《ぎょくもんかん》を経て楼蘭《ろうらん》、クチャへと向かい、後者は陽関《ようかん》を経てホータンからパミールへと向かう。

関所であるかぎり、そこは政治的意図をもって開閉される。なにか事があれば、そこは閉められて通行を禁じられるので、北道から玉門関に辿り着いた者も、南道から陽関に辿り着いた者も、もし閉じられていれば開かれるまで待たなければならない。

開かれることがなければ、あきらめて引き返すしかないのである。

開かれているか閉じられているかは、そこに行ってみなければわからない。通行を許された者たちにとって、敦煌はまさしくオアシスのなかのオアシスと感じられたにちがいない。

莫高窟《ばっこうくつ》を代表とする仏教文化が敦煌を最大の舞台としたのは、そのような地理的要素が、人々に安息だけではなく思索の時間をも与えざるを得なかったからではないかと私は思っている。

シルクロードといえば敦煌、敦煌といえばシルクロード。日本人の多くはそのような概念を抱いているというが、西安《せいあん》から天水《てんすい》、蘭州《らんしゅう》、武威、張掖、酒泉と、すでに二千八十三キロを走行してきた私たちは、もはやそんな甘い考えを捨ててしまっている。

私たちは西安からシルクロードを西へ西へと進んできたが、その程度の道筋は、まだ点にしかすぎない。百歩ゆずって短い線になっているとしても、小さなひっかき傷のようなもので、私たちは疲労と絶望に似た思いを抱いて敦煌に入ったのであった。

私たちは宿舎の敦煌賓館のロビーで、北日本新聞社の上野社長一行と合流した。

上野社長は、シルクロードの旅のツアーの団長として、旅行に参加した人々四十名とともに、きのうトルファンから敦煌に入った。

一行は五月二十六日に日本を発ち、西安で私たちと合流したあと、飛行機でウルムチへ向かったのである。

私たちは敦煌からさらに西へと進むが、一行はあす空路で蘭州へ行き、そこから上海へ飛んで六月六日に日本へ帰る。

一行が日本に帰る日、私たちはハミへ向かう予定になっている。

「俺も一緒に帰りたい……」

ロビーの椅子に坐り込み、ダイが言った。

一行のなかには高齢の方々もいるので、さぞかし疲れたであろうと思っていたのだが、少しお腹の具合が悪い人はいるが、みなとても元気で、町の見物に出かけてまだ帰ってこない人もいるという。

「まさか明治生まれの人はいないだろうけど、大正の初めに生まれた人はいるかもしれないよね。なにしろ、戦争を生き抜いてきた人たちやからな、強いよなァ」

私はそう言って、フーミンちゃんが持ってきてくれた冷えたビールを飲んだ。ロビーの奥にはカウンター式のバーがあり、欧米人の観光客がそこでビールを飲んでいて、これまでの都市とはまるで様相が違う。

「北京か上海から飛行機で敦煌まで飛んできて、莫高窟と鳴沙山《めいさざん》と月牙泉《げつがせん》を観て、一日か二日でまた上海あたりに帰って、そこでうまい中華料理を食べて、私はシルクロードを旅行してきたって言うんでしょうね」

ハシくんが力のない目で欧米人たちを見ながらつぶやいた。

「許せないよね」

とワリちゃんが言ったとき、部屋で休んでいたという上野社長がやって来た。

「髭《ひげ》がだいぶ伸びましたね」

上野社長は血色のいい顔で笑いながら私に言った。

「上野さん、一緒にイスラマバードまで行きましょう。べつに団長が一緒じゃなくても、ツアーの一行は日本に無事に帰りますよ」

と私は言った。

「いやァ、行きたいのはやまやまですが、日本で山ほど仕事が待ってまして」

「そんなこと言って、帰ったらすぐにゴルフに行こうと思ってるんでしょう。そのあと、富山のうまい魚で生ビールを飲もうって魂胆でしょう。バンカー・ショットの練習なら、ゴビでやりましょう。あれは広大無辺のバンカーでっせ」

「私は、自分の打った球をバンカーになんか入れませんので、練習の必要はないんです」

鳴沙山の細かい砂を吸ったのか、咳《せき》が止まらないのだと上野社長は言った。それで部屋で休んでいたのだという。

こんど一緒にゴルフをして、上野社長がボールをバンカーに入れたら、指差して笑ってやろうと私は固く決意したのだった。

シルクロード・ツアーに参加している方々とビールを飲みながら交歓会をしたあと、ホテルのレストランで食事をとり、私たちはそれぞれの部屋に入った。

武威からマイクロバスを運転してくれた運転手は、あした別の運転手と交代するので、今夜でお別れということになる。

私たちはもう二度と逢うことはないであろう運転手を慰労しようと、彼を部屋に招待してウイスキーやビールを勧めたが、見かけとは反してまったくの下戸であった。フーミンちゃんを捜したが、部屋にもどこにもいない。

地元のガイドと打ち合わせをしているのかと思ったが、あとから聞くと、ホテルの近くのカラオケ・バーに行っていたという。

ワリちゃんは、ロビーにある電話室で北日本新聞社文化部のダイヤルを廻しつづけているが、かからない。国際電話の回線が少なくて、通じにくいのである。

四十分近く粘ったが、とうとうあきらめて、私の部屋でウイスキーを飲み始めた。

下戸の運転手は、グラスに三分の一ほどのビールで顔を真っ赤にさせ、眠そうに目をこすっている。

あすの早朝に武威に向けて発つという運転手と別れの挨拶を交わし、それぞれは自分の部屋にひきこもった。

シャワーを浴び、体中の砂を洗い落としたが、耳の穴の砂はいくら拭いてもタオルにくっついてくる。

バス・ルームの窓から、敦煌の夜空が見え、カラオケ・バーからの歌がかすかに聞こえてくる。

「敦煌にカラオケ・バーか……。ここは大観光地だもんね」

私はパジャマに着替え、ベッドに横たわって、地図を見つめた。

敦煌から北へ約二百キロのところに〈星星峡《せいせいきよう》〉という町がある。そこは甘粛《かんしゆく》省と新《しん》疆《きよう》ウイグル自治区の境をなす小さな町なのだ。

もう何年も前から、漢民族の国とウイグル族の国との境界線として〈星星峡〉という町があることは知っていた。

私は、〈星星峡〉という名に惹かれ、そこがいかなるところであるのか、さまざまに空想してきた。

夜になると、すさまじい星が民族を分類する線のようにまたたく光景を思い浮かべるときもあれば、異域に踏み込む旅人を光の粒で幻惑させる山谷《さんこく》を心に描くときもあった。いずれにしても、私には、そこは他の場所とは異なる何物かを持つところとして、あらわれたり消えたりしながら、私のなかに存在しつづけてきた。

何の根拠もないのに〈星星峡〉という言葉の持つ神秘性が、私をその場所に憧れつづけさせてきたのである。星星峡から向こうは、果てしない異国なのだ、と。

窓をあけると、近くで奇妙な音が聞こえた。船の汽笛のようでもあるし、巨大な風船から洩《も》れる空気音のようでもある。

それが一匹の蛙《かえる》の鳴き声だとわかったとき、私は服に着替えて部屋から出た。どんな蛙なのか、自分の目で見たかった。敦煌の町中に響き渡るほどの鳴き声をあげる蛙は、私の部屋の下あたりにいるはずだった。

私はホテルの玄関から鉄柵に囲まれた庭へと廻った。

「四千年間生きつづけてきた、頭の大きさは十メートル、体はその五倍の、とんでもないお化け蛙やったりして……」

私はそうつぶやきながら、鳴き声の近くまで歩いたが、鉄柵の向こうの通りにたむろしていた地元の若者が爆竹に火をつけ、そのひとつが私のところに弾け飛んできた。

「ニホンジン？　ニホンジン？」

と、ひとりが訊いた。

私がそうだと答えると、爆竹の束に火をつけて、私めがけて投げつけた。

火鍋屋のウイグル人の老人が、うつろな目で私を見ていた。蛙の鳴き声は途絶え、鉄柵につかまっていた若者のひとりが、語尾を長く引きながら中国語で何か言った。

私は部屋に戻り、またパジャマに着替えてベッドに横たわった。

アラスカに行ったとき、道を歩いていて、アメリカ人の若者にコーラの缶を投げつけられたことがある。

「ジャップ」

彼等は嘲《あざけ》るように言ったが、さっきの中国人の若者たちも、似たようなものであろう。

バンコクのタマサート大学に近い市場で、汚れたバケツの水をかけられたことがある。

「バイシュン、バイシュン」

奇妙なアクセントだったので、それが「買春」という意味だと気づくのに時間がかかった。

どうも私は最近、外国でそのような目に遭いやすい。私のたたずまいに、どこか下卑た卑屈なところが生じているのではあるまいかと考えながら、どこかで読んだ文章を思い浮かべた。

何かの紀行文だったような気がするが、題も著者の名も忘れた。その著者は、漢民族について、このような結論を下していた。

「つけあがると、どこまでもつけあがりつづける民族だと認識しておかなければならない。弱みをつかむと、どこまでも足元を見つづけてくる民族であることも承知しておくべきだ」

私は、それを読んだとき、著者はよほど中国人にいやな思いをさせられたのであろうが、それにしても過激な表現だなと思ったのだった。

夜中の一時ごろに、やっと涼しい風が入って来た。私は眠れなくて、星星峡にたたずんでいる自分を想像した。

前略

きのうは一日よく動きました。

おととい敦煌に着いたあとも忙しかったのですが、そして、あまりよく眠れなかったのですが、莫高窟で、おそらくかなりの時間を費やすであろうと予想されましたし、鳴沙山と月牙泉も観ておきたいと思ったのです。

莫高窟では、いったい何を観たらいいのか見当もつきません。

四世紀から十四世紀にかけて掘られた窟は千窟に及びますが、現存するのは四百九十二窟。

内部は真夏の昼間でも冷たく、壁画や塑像はそれぞれの時代の仏教美術と文化を伝えています。

その時代、いかに仏教が盛んであったかをものがたっているのですが、勿論《もちろん》、現在の中国では、文化遺産としてのみ、その存在価値を保っています。

莫高とは、サンスクリット語で解脱という意味だそうですが、中国語では〈砂漠の高い場所〉と訳します。

敦煌の人口は約十五万人。そのうちの九十九パーセントが漢民族で、大陸性気候のゴビのなかにあるため、年間の降雨量はわずか三十九ミリなのに、水分の蒸発量は二千四百ミリです。その蒸発しつづける厖大な水分は、すべてゴビの底に滲透《しんとう》している祁連《きれん》山脈の雪解け水なのです。

民族の人口比率は、敦煌を西へ向かうと逆転します。ハミ、トルファン、ウルムチ、コルラ、クチャ、アクス、カシュガル、ヤルカンドと進むと、ウイグル人が六十パーセントから七十パーセントに増え、それらをわずか三十パーセント、もしくは四十パーセントに満たない漢民族が統治しています。

統治とは支配であり、他民族を支配するためにその地域に君臨することを侵略というのだと中国の政治家は繰り返し力説し、侵略者の代表として、つねに過去の日本を批判していますが、彼等のウイグル族に対する統治はいったい何なのでしょうか。それと侵略とは、どこがどう違うのでしょうか。

中国によるチベットの統治と支配は、他国への侵略行為以外の何物でもないはずなのに、そこのところを指摘されると、中国は「そんなことを言うのは内政干渉だ」とひらきなおります。

私は共産主義が嫌いです。その政治手法にも、イデオロギーそのものにも多くの異論を持っていますが、知らぬまに骨身に沁み込んだ共産主義の弊害は、共産国に育ちながら、共産主義を憎悪する善良な市民の常識感にも、いかんともしがたい影響を与えるのです。

その代表的なあらわれ方のひとつは、〈非はいつも自分以外のところにある〉という考え方です。

よく使われるたとえですが、道を歩いていて石につまずくと、そこに石があったことを怒るのです。つまずいたのは自分ではありませんか。それなのに、石のせいにする。一事が万事、非は相手にある。この論法こそが、私の知り合いである共産主義者たちの共通した思想です。

次に、恩知らずという点です。困っているときに助けられたことへの感謝は、彼等のなかではいとも簡単に消えていきます。俺が助けてくれと頼んだのではない。そっちが勝手に援助の手を差し出したのだ。いつまでも感謝の念を抱きつづけなければならない義理はないと平然と言ってのけるのです。

もうひとつあげるとすれば、裏切りと変節の常習者であることです。

嘘も方便……。なるほど、そのような場合も世の中にはあるのですが、共産主義者にとっては、すべてにわたって嘘も方便ばかりなのです。

非はいつも相手にあるのですから、嘘も裏切りも悪徳ではないということになるのでしょう。まあ、すべての共産主義者がそうだとは言えないでしょうが……。

私は、こんどの旅が、巨大な中国の辺境から辺境へのものであることを充分承知していますのです。教養人はきわめて少なく、高度な教育を受けたくても受けられなかった人々は多いでしょう。

にもかかわらず、なお私は、亡き父が尊敬してやまなかった〈信義に厚く、懐の深い大人《たいじん》・中国人〉はどこに行ってしまったのかと失望しつづけています。

文化大革命で、無数の教養人や才能ある学者と芸術家たちが殺されたり生ける屍《しかばね》となりました。その国家的損失は、中国を百年遅れさせたと言う人がいます。

その次に起こった四人組の時代にも、似たようなことが生じて、さらに百年遅れ、天安門事件で、また百年遅れた。ある歴史学者はそう慨嘆しました。

そして、老獪《ろうかい》で姑息《こそく》なだけの役人たちが跳梁跋扈《ちょうりょうばっこ》し、制帽をあみだにかぶり、口をいつもだらしなくあけた警官や兵隊が、公然とワイロのやり取りをしています。同じことを役人たちと政治家が密室でやっているのが日本ではないかと言われると、私には返す言葉がないのですが……。

それにしても、上等の中国人は、どこに行ってしまったのでしょう。北京に行けば逢えるのでしょうか。それとも上海？

中国に着いてから、私につきまとって離れない烈しい虚しさは、どの地においても、人間的豊かさや、風景のたたずまいとしての埋蔵量に接することがないからかもしれません。

私は、目的地に急ぐ運転手の疲労を思い、これまで何度も車を停めてもらうことを躊躇《ちゅうちょ》してきました。

暑いゴビにポプラ並木があらわれると、その葉陰にほんの少しの時間、倒れ込んで、死んだように目を閉じてみたいという衝動は、日を追って強くなっています。

自分は疲れ果て、前進するどころか、いまいるところに立ちつづけることすらできない……。

人は人生のなかで、そのような状況に何回くらい置かれるものなのでしょうか。私自身について思い起こせば、その最初の記憶は、おそらく十一歳の冬であったかと思えます。

富山での事業にも敗れた父は、先に大阪に帰ったあと、母と私とをその年の春に呼び戻しましたが、親子三人で暮らす場所はありませんでした。

私は、尼崎《あまがさき》市に住む叔母の家にあずけられ、尼崎の学校に通ったのです。父も母も生活に追われつづけていたのでしょう。半年もたつと、私に逢いに来る数も減ってしまいました。

叔母も貧しく、自分の子供たちを育てることもままならない生活でした。わずか十円のお小遣いすら、ひと月に一回貰えるか貰えないかの状況のなかで、私は生まれて初めて〈盗み〉というものをやってしまったのです。

叔母の家の近くの菓子屋の店先で、級友たちがキャラメルやチューインガムを買っているのを見つめていた私は、店の商品棚の下に、小さな板チョコレートが落ちているのに気づきました。

私は、それを足で踏み、誰にもわからないようにそっと店の外へと蹴りました。

そして、誰の視線も向けられていない瞬間を待って、それをつかむと、大通りのほうへと速足で歩き始めたのですが、そのとき、菓子屋の主人と目があったのです。

私は、みつけられたと思い、チョコレートを握りしめたまま走りました。どこをどう走ったのか覚えていませんが、あのときの心臓の音は忘れることができません。

私は、とにかく走りつづけ、いつのまにか阪神電車の尼崎駅の近くに来ていました。

あの菓子屋の主人は、私がどこに住んでいるのかを知っている。きっと、私はつかまえられ、警察につれて行かれるにちがいない。

悪いことをしたのだから、チョコレートを返して、ひたすら謝ろう……。

私がそう決心するまで、とても長い時間がかかりました、その間、私は娼婦たちが客をひく路地の暗闇の、真冬の風のなかで震えていました。

私が意を決して、握りしめたままだったチョコレートを見ると、それは掌の熱で溶けてしまって、もはや返せる代物ではなくなっていたのです。

私は、掌全体にへばりついたチョコレートを電柱になすりつけ、阪神国道に出ると、大阪方向へと歩きだしました。母が住み込みで働いている料理屋へ行こうと思ったのです。

寒さと絶望感で、私は途中から泣きだしました。歩いても歩いても、いっこうに、母のいるところに近づいている気がしなくて、私は立ち停まりました。

自分は泥棒をやってしまった。もうすでに叔母の家には警官が訪れていることだろう。もう、おしまいだ……。

十一歳の私は、自分の人生が終わってしまったように思えて、泣きながらうずくまると、おなかが減っていたので、掌にこびりついているチョコレートをなめました。

夜の十時をすぎて、晩ご飯も食べていなかったせいもあるのでしょうが、それよりも、大変なことをやってしまったという絶望感と恐怖心が、私の全身を震わせ始めました。

私がうずくまっていたところは、店を閉めた自動車修理屋のシャッターの前だったので、私の震えがそれに伝わり、金属のきしむ不快な音が生じました。

その音で、修理屋で働く青年が出て来て、どうしたのかと訊きました。私の悪寒は烈しくて、喋ろうとしても口が震えて喋ることができませんでした。

坊主頭の青年は、そんな私からなんとか住まいを訊きだし、三輪自動車で叔母の家に送ってくれたのです。

菓子屋の主人も警官も来た様子はなく、私は冷たい蒲団にそのままもぐり込みました。叔母が体温計で私の熱をはかりました。四十度近くありました。

あのときの、蒲団に横たわって眠りに落ちていくまでの、不思議な虚無感と安堵感は何だったのかと、ときおり思い起こすときがあります。

子供の私は精も根も尽きて、「もう、どうでもいい」と思っていたような気がします。ひょっとしたら、自分の盗みは気づかれなかったのかもしれないし、気づかれていたのかもしれない。

菓子屋の主人は見逃してくれたのかもしれないし、あした、警官と一緒にやって来るかもしれない。

でも、いまはとりあえず眠りたい。どうでもいいのだ……。どうしたらいいのかは、目が醒めてから考えよう……。

私の高熱は三日間つづきました。結局、菓子屋の主人も警官も訪れはしませんでした。

ゴビに出現するポプラ並木の葉陰を見ていると、私に生じた幾つかの危機、耐えられない疲弊、逃れられない絶望などの、そのときどきの身の処し方を思い浮かべます。闘争心を絞り出して、歯を食いしばって立ち向かったときも多いのですが、生ける屍のように臥すしかなかったときもあるのです。

鳩摩羅什《くまらじゅう》の六十年の生涯にも、そのようなときが幾度もあったはずです。西安をめざして、この敦煌の地を踏んだとき、羅什はいかなる思いだったのでしょう。

祖国亀茲《きじ》は滅ぼされ、自分の血族はすべて殺された。自分は囚われの身となって西安へ向かう。

しかし、そこはいずれ行かねばならなかったところかもしれない。自分に生涯の仕事を成就させるために、仏はこのような事態を与えた。いや、こうなることを、あるいはみずからが呼び寄せたとはいえないだろうか……。

しかし、羅什は敦煌に辿り着いたとき、約七百キロ東の涼州《りようしゆう》で十六年間をすごすことになるとは思ってもみなかったはずです。

思いも寄らない困難や不幸といえば、その最たるものは、やはり病気でしょうか。それ以外にも、不慮の事故、信頼する者の裏切り、あるいは左遷、いわれのない理不尽な更迭、事業の破綻などが考えられますが、病気というものは、自分の進路の変更どころか、生死にかかわる問題なので、やはり最大の苦難としてとらえるべきでしょう。

私は二十五歳のときに強度のノイローゼに、三十歳のときに重症の肺結核にかかり、そのつど絶望的な状態に追い込まれました。

前者は心の病で、後者は肉体の病ですが、いずれにしても私に襲いかかってきた病気であるかぎり、私は闘わねばなりませんでした。しかし、闘い方に大きな違いがありました。

心の病気に対しては、ときに降参して死んだふりをする時期も必要だとわかったのは、三十五歳になってからです。

頑張ってはいけないが、あきらめてもいけない。敵は私の心なので、つまり、私自身なので、共存する方法があるはずだと気づいたのです。

共存するために、信頼できる医者の処方を守り、絶望せず、調子の悪いときは波が去るのを静かに待つ。待っているうちに、私自身の生命力が敵よりも強くなるときがきっと来る。そのときまで待つ。

私が選んだやり方はそのようなものでした。そうやってなんとか今日まで仕事をつづけることができたのです。

肉体の病気とは妥協するわけにはいきません。いかにいい薬が開発されたとしても、私が弱ければどんな薬もきかないでしょう。降参して白旗をあげたらおしまいなのです。

俺は絶対に治る。やられてたまるか。私はつねに自分に向かって号令をかけました。号令をかけながら、いまは病気なのだから、余計な神経を使わず、体力を回復させようと努め、眠りたいときは眠り、明るいことばかり夢想しました。暗い想念が襲ってくると、そんな自分を叱って、とにかく楽天的であろうと自己コントロールすることに集中したのです。

亡き父の口癖が、私を鼓舞してくれたものです。

――なにがどうなろうと、たいしたことはありゃあせん。――

病気をして、たしかにそのとおりだと思えるようになったのです。死ななかった人間などいないのだ。早いか遅いかだけで、自分もいつか必ず死ぬのだ。もし死んでも、それはそれでいいではないか。俺に生きなければならない使命が残されているなら、俺は死にたくても死ねないだろう。この何年間かの静養が、俺に多くのものを与えてくれるにちがいない……。

まあ、いつもいつも、そのように悟って力強かったわけではないのですが、つねにそう思うことこそが闘いだったのです。

莫高窟に着いて、入口の門を目にしたとき、なぜかふと、西郷隆盛《さいごうたかもり》の言葉が浮かびました。正確には記憶していないのですが、〈命もいらぬ、名もいらぬ、金もいらぬという人間くらい始末に悪いものはない。しかし、そんな始末に悪い人間でなければ、世の中を根底から変えることなどできはしないのだ〉。

作家をこころざして会社勤めをやめたとき、自分はたしかにそのような人間だったなと思いました。

いまはどうだろう。あのころの心を、いまも失ってはいないだろうか……。

そんなことを考えながら、私は門から莫高窟への道を歩きました。

どの窟を見たいのか決めなければなりません。やはり、羅什が生きていた時代の窟に絞る以外にないので、北涼《ほくりょう》時代の第二百七十二窟と、西紀三八〇年のころの第二百七十五窟、それに西魏《せいぎ》時代の第二百八十五窟を見学することにして、敦煌莫高窟研究院の所員を待ちました。

フーミンちゃんと一緒にやって来たのは若い女性所員で、幾つかの鍵と懐中電灯を持っていました。

私は自己紹介し、旅の目的を説明しました。ひとつの窟に入る料金と内部を撮影する料金は別だと彼女は言いました。

窟に向かって歩くうちに、その女性所員は、日本に留学していたことがあると言い、それから日本語での会話を始めました。

窟のなかで見たものを、私はよく覚えていません。私はどういうわけか、そのようなものに心を動かされることがないのです。

エジプトを旅したときも、ピラミッドや王家の谷で、何千年も前の壁画や彫刻を見て、専門家の懇切な解説を受けたのですが、これといって感銘を受けることもなく、いまはそこにいかなるものがあったのかも思い出せません。

どうやら私には、アカデミックな能力が欠落しているのでしょう。

三つの窟を見たあと、無料で一般公開されている巨大な釈迦《しゃか》像の彫られた窟へ行き、私は、どうしてこんなに大きな像が彫られたのかを彼女に質問しました。大きいということに何等かのメタファがあるはずだと思ったのです。

しかし、彼女は、わからないと答えました。その答え方は、なんだか面倒臭そうだったので、

「作った人に訊いてみないとわかりませんよね」

と私は言い、商店に行くと冷たい缶コーラを飲み、主要な窟の内部が載っている写真集を買いました。

敦煌莫高窟は、あるいは中国における最大にして最高の仏教遺跡といえるかもしれません。それなのに、私は、壁画の斬新な構図や抽象性に感心しただけでした。

これらを描いたり彫ったりした僧たちは、何を得て何を残そうとしたのか。中国の一時代を築いた仏教は、なぜある時期に急速に衰退したのか。漢民族の根本的な宗教観と融合したのか、しなかったのか。

千数百年前、中国の漢民族にとっては、仏教は所詮異教にしかすぎなかったのではないのか。

二度と訪れる機会を得ないかもしれないのに、私は研究所員にそのことを訊こうとしてやめました。昼食のあとだったからなのか、それともやはり中国のお役人だからなのか、私は彼女がひどく面倒臭がっているような気がしたのです。

莫高窟からいったんホテルに戻って、私たちはロビーで冷たいビールを飲み、夕刻まで休みました。

若い女の服務員が、掃除の際に、必ず室内の備品を点検します。その点検のやり方は客を罪人扱いしているのかと思わせるほど厳格です。

各部屋に備えつけてあるバスタオルとタオルの枚数、トイレット・ペーパー、枕カバー、シーツの数を確かめ、それをノートに記していきます。西安以外の、どの地のホテルもやり方に大差はありませんでした。

しかし、その厳重な点検は、客による盗難を防ぐためではなく、じつは従業員に盗みを犯させないためのものなのです。

どのホテルのバスタオルも、私たちにとってはさして貴重な品物ではありませんし、長い旅のために、洗面具もタオル類もいささか多すぎるくらい持参していますので、そんなものをわざわざ盗もうという考えすら思いつきません。

けれども、現地の、それも若い女性服務員にしてみれば、なかなか手に入れにくい憧れの品々なのです。

いい匂いのする石鹸《せっけん》、柔かいトイレット・ペーパー、大きなバスタオル……。それらはしばしば、彼女たちにちょっとした出来心を生じさせます。

そんなとき、上司に怪しまれると、彼女たちは客のせいにするしかなく、そのため、あらぬ疑いをかけられた宿泊客とホテルとのあいだでトラブルが頻発します。

各部屋の備品点検には、客も立ち会うことが大切です。

服務員は、バスタオルなどを交換する際、二枚置くところをそっと一枚にして部屋から出て行きます。それに気づかないままチェック・アウトしようとすると、もう一枚のバスタオルはどうしたのかと客が問いつめられるはめになるのです。

私がベッドに横たわって外の光景を見ていると、十七、八歳の女性服務員が新しいバスタオルを持って部屋に入ってきました。

私の部屋には冷房機器が備えつけられていましたが、私はスウィッチを入れていませんでした。

部屋のなかは暑く、服務員は、どうしてクーラーをかけないのかといった表情で私を見ました。

私は、自分が冷房アレルギーであることを筆談で説明しました。アレルギーという言葉を漢字でどう書けばいいのかわからず、〈我、嫌冷房〉と書き、〈冷房、我的鼻汁喉痛、多多〉とつづけました。

彼女は納得したように頷《うなず》き、それから私の問いに筆談で応じ始めました。

父親は農民で、敦煌の西の村で小麦と綿を作っている。このホテルで働くようになって一年と少し。客は日本人が最も多く、次にアメリカ人、ドイツ人、イギリス人という順番になる。

生まれてから一度も北京や上海に行ったことはないが、ウルムチには三回行った。あなたは中国は初めてか。

私は、これまで中国を二回旅行し、北京、上海、南京《ナンキン》、桂林《けいりん》、西安、成都《せいと》、広州《こうしゅう》、昆明《こんめい》に行ったと書きました。

彼女がさらに私に何かを質問しようとして、ボールペンを持ったとき、上司が廊下から呼びました。私は、ドアをあけたままにしておいてよかったと思い、魔法壜の湯を替えてくれるよう頼みました。

上司は不機嫌そうに浴室をのぞき、タオルやトイレット・ペーパーの数を調べながら、それとなく筆談の文字をさぐろうとしました。

私は自分のノートをひらき、それを見せたのですが、上司は表情を変えず若い服務員に低い声で何かを命じて、一緒に部屋から出て行きました。

鳴沙山と月牙泉へ向かったのは夕食を終えた七時でした。

夜の七時でも日は高く、気温は三十四度です。

砂が鳴く山……。鳴くというよりも太鼓のとどろきに似た音が、夜中に山の上空で生じるのです。

気温の急激な低下によって、山の微細な砂粒が空中に舞いあがり、それらはぶつかり合って何百万ボルトもの静電気を発生させ、いわば雷と同じ原理で音がとどろくのです。

「ココニ来ルト、日本人、ミンナ歌ヲウタイマス。月ノ砂漠トイウ歌デス」

フーミンちゃんはそう言いました。

鳴沙山と月牙泉に行くためには、入場料を払わなければなりません。入口には、何十台ものマイクロバスが停まり、ドイツ人やアメリカ人の観光客がそのなかから降りてきました。

数十頭のラクダとラクダ使いたちが、客を待ちうけていました。

「あの山をのぼるの？　それは大変でっせ」

私は、山というよりも巨大な砂丘といったほうがよさそうな鳴沙山を見つめて、そう言いました。山の中腹に、観光客の豆粒のような姿があり、頂上にも腰をおろしているそれらの人々が見えました。

「別料金を払うと、ラクダで山の上まで行ってくれるそうです。でも、あの一番高いところじゃなくて、左右の低いところまでらしいんです」

とワリちゃんは言い、ラクダにするか、自力でのぼるかをハヤトくんと相談しました。

「そりゃあ、やっぱり一番高いところだろうな」

ハヤトくんは、そこから写真を撮りたいのです。

ひとまず山の近くまで、つまり月牙泉のところまでラクダに乗ることにしました。

「やっぱり、ただの観光地やなァ」

私はそう言ってラクダから降りると、公衆便所に入りました。便所のなかは筆舌に尽くしがたいありさまでした。

便所にいた時間はわずか三、四分だったのですが、出てきた私はふいに胸が苦しくなり、喉が痛んで、咳が止まらなくなったのです。

あまりにも突然の胸痛と烈しい咳で、私は歩けなくなってしまいました。

そのとき、鳴沙山という巨大な砂山の麓で、私は自分に何が起こったのかとうろたえました。

元来、呼吸器の弱い私は、西安からの疲労困憊の旅で、気づかないうちに肺の重大な病気にかかっていて、いまそれが何等かの危急な形であらわれたのかと思ったのです。

それほどに、喉と肺の刺激痛は強烈でした。

息が詰まり、咳は止まらず、胸はしめつけられるようで、私はこれは只事《ただごと》ではないなとハシくんに言いました。

「さっきの便所じゃないでしょうか」

　ハシくんは心配そうに私を見つめながら、公衆便所を指差しました。

「あれほど不潔で、土の壁で囲ってあるから、アンモニアとか、もっとわけのわからないガスで充満してるんだと思います。それを吸い込んだんです。きっと、そうだと思います」

　もしそうならば、きれいな空気をたくさん吸うしかあるまい。私は咳をこらえて、大きく何度も深呼吸しました。

　ハシくんの言ったとおり、喉と肺の痛みは少しずつらくになっていき、涙も止まったのです。

「すごいな。便所に入って、こんなひどいめにあったことはないな」

　と私はあきれ顔でハシくんに言いました。

「これまで、公衆便所があっても、ぼくたちがどうして我慢しつづけてきたか、わかるでしょう?」

「ほんとや。おしっこだけでもこのざまやからな。坐ってたりしてたら、毒ガスで倒れるかもしれんな」

「倒れるどころか、死にますよ」

　ワリちゃんとハヤトくんは、鳴沙山の中腹にまで掛けられた梯子《はしご》のようなものを見上げ、のぼろうかどうか思案していました。

ダイは、フーミンちゃんに一緒にのぼろうとうながしました。

「私、ノボリタクナイ。下デ待ッテイマス。テッペンマデノボルノハ大変デス。私、イヤ」

じゃあ、俺たちだけで行くよ。ダイは笑ってフーミンちゃんにそう言い、砂山の急な斜面をのぼり始めました。

「私、コンナニ疲レルコト、友ダチトシカシナイ。友ダチトダッタラ、一緒ニノボルネ。アナタ、私ト友ダチデスカ？」

「うん。友だちです」

「ジャア、小宮本《シャオクオンペン》トノボリマショウ」

フーミンちゃんも、ダイのあとからのぼって行き、咳のおさまるのを待っていた私とハシくんは、かなり遅れてのぼり始めました。

砂は絶えず流れ落ちて来ます。足を動かしても、砂と一緒に落ちるので、二、三メートルのぼるのに、十歩くらい必要で、水のなかを走るよりも困難でした。

私は途中で何度も休みました。そのたびに振り返って、眼下の月牙泉を眺めました。

私たちを乗せてきたラクダとラクダ使いたちは、私たちを待って、ひとところに集まり、にぎやかに話し込んでいます。

夜になれば、たしかにここは絵に描いたような月の砂漠と化すことでしょう。

三日月の形をした池、風紋が変化していく砂山、遠くに敦煌の街並……。

私は、あとからのぼって来た何人かの欧米人たちに追いこされていきました。

「ギブ・アップ？」

六十歳くらいの女性が笑いながら私に声をかけました。

「ギブ・アップしたいけど、てっぺんにものぼりたい」

私は日本語で応じました。

ワリちゃんたちに遅れること十五分ほどで、私は鳴沙山のてっぺんに着きました。巨大な砂山は、後方にも広がっていました。

「ホテルニ帰ッタラ、ビールヲ飲ミマショウ」

フーミンちゃんはまだ息を弾ませながら、砂に腰をおろして私の肩を叩きました。

「莫高窟、オモシロクナカッタデスカ？」

「おもしろかったよ」

「デモ、アマリ興味ヲ示シマセンデシタネ」

「うん、もう二度と見られないかもしれないのにね。俺はなまけ者なんや。なまけ者は駄目やな」

莫高窟が掘られ始め、そこに飛天《ひてん》や菩薩《ぼさつ》たちが細微な筆で描かれるようになったのは西紀三六六年ですから、羅什も敦煌で莫高窟を見たはずです。すでに羅什の名は広く伝わっていたので、莫高窟にたずさわる僧たちが羅什のことを知らなかったはずもありません。

ですから、私は羅什が莫高窟に対していかなる反応を示したのか、これまでに何度も考えてみたことがありました。

仏教がひろまるのは結構だが、私のひろめたい仏教は、このようなものではない。羅什の本心は、おそらくそんなところだったのであろうと私は勝手に推測したのです。莫高窟の文化的重さとは別次元のところで、それを冷やかに見ていた羅什がいたのではないか……。

象徴的な架空の世界にもそれなりの意味はあるだろうが、架空は架空だ。俺はそんなものは十五、六歳で卒業したのだ。俺が伝えたいのは実相であって浅い方便の教えではない……。

架空、形式、それらのメタファ……。私もまた莫高窟とはそのようなところだという認識を抱いていたので、仏教文化の貴重な遺跡以外の何物でもなかったのです。

しかし、そんな私の考えをフーミンちゃんに説明するのは難しく、私はやっと朱色を帯びてきた鳴沙山と月牙泉を見つめました。

そのとき、大きな荷物をかかえた青年が、慣れた足取りで急な砂山を勢いよくのぼってきました。中国人の青年がかかえている重そうな荷物は、折り畳んだパラグライダーでした。

面貌も肌の色も漢民族の、二十歳前後の青年と数人の仲間たちは、夕刻になると鳴沙山にやって来て、夜遅くまで観光客にパラグライダー遊びをさせる商売をしているのでしょう。

夜が更けて、地表の温度が下がると風が吹き始めるので、パラグライダーは浮きやすくなり、未体験の者たちにも簡単に楽しめるといったところなのでしょうが、私たちはそんなに遅くまで砂山の頂上にいるつもりはありませんでした。

私は、フーミンちゃんに、パラグライダーで舞い降りるには幾ら払えばいいのかを訊いてもらいました。ひとっ飛び五十元でした。

客が舞い降りると、青年たちは砂山を走り降り、パラグライダーをたたんで、また別の客を求めてのぼってきます。

一度のぼるだけでへとへとになる鳴沙山を、この青年たちは、いったい一日に何回のぼるのか、そのことも私はフーミンちゃんに訊いてもらいました。

「景気ノイイトキハ三十回クライ。ワルイトキハ五回カ六回ダソウデス」

とフーミンちゃんは言ってから、

「三十回、ノボリオリシタラ、一日デ千五百元稼グネ」

となんとなくいまいましそうに笑いました。

「三十回もこの砂山をのぼり降りできるってことがすごいよ」

私も笑いながらそう言って、青年たちをあらためて見つめました。

きっと、黒いアノラックを着たリーダー格の青年が考えついた商売なのでしょうが、この敦煌という地で、パラグライダーを手に入れるのは困難なはずです。

そのうえ、ここで商売をするためには、しかるべき役所の許可も必要でしょうし、商売をする権利料も支払わなければならないにちがいありません。

「逞しいなァ。こんなに若いのに、自分たちで頭を絞って商売を考えついて、役人に取り入って商売の許可を貰って、たぶん、上手にリベートを払ったり、ときどき役人たちを飲み食いさせたりして、一日に何十回もこの鳴沙山をのぼる……。たいしたもんだよ」

「コウイウ若イ者タチガ、中国デ増エテイマス。上海デモ、北京デモ、杭州《こうしゅう》デモ」

まるでそれが中国という国の堕落であるとでも言いたそうな口振りで、フーミンちゃんは青年たちを見ていました。

日が沈むにしたがって、風が吹き始め、月牙泉の水面も赤く光り始めたころ、青年は周りの観光客へのデモンストレーションとして、パラグライダーを背に砂山の頂上で助走をしてから舞い降りてみせました。想像をはるかに超える滞空時間で、パラグライダーと青年は鳴沙山の上を降下していきました。

そのまま降下をつづければ、ラクダたちの群れのなかに突っ込むのではないかと思ったとき、青年はロープを巧みに操って、右に旋回し、着地しました。

頂上で見ていた仲間たちは、いっせいに砂山を駆け降り、慣れた動作でパラグライダーをたたみ、再び勢いよくのぼってきたのです。

「俺、やってみたいなァ」

と私は言いました。

「彼等ニハ簡単。デモ、私タチニハ難シイネ」

フーミンちゃんはそう言って、私の顔のところで手を振りました。

「難しいかな。もっと風が強くなったら、俺にだってうまく滑空できると思うけど……」

「ダメダメ。途中デ失敗シテ落チテモ、五十元払ワナケレバナラナイネ」

たしかに、助走に力がなければ、空に浮くことはできそうにありません。私は自信がなくなり、あきらめることにしました。

ハヤトくんはカメラを持って、巨大なうねりの砂山をあちこち歩いて撮影していました。

私は、もしいま文化大革命の真っ最中だとしたら、こんな商売を考えついて実行しているこの青年たちは、どのような分子として分類されるだろうかと考えました。

資本主義国の遊び道具を持ち込み、ブルジョア的遊興を促進する輩として袋叩きにあうのか、自分たちの肉体を酷使して外国の観光客から外貨を稼ぎだす模範的国民として賞《ほ》められるのか……。

おそらく、いや、まちがいなく前者に分類されることでしょう。

「文化って何だろうな」

と私はフーミンちゃんに言いました。

「文化？　ナゼソンナコト訊キマスカ？」

「だって、文化大革命ってあっただろう」

「日本人ハ、文化トハ、金ヲ儲ケルコトジャナイデスカ？」

「そんなに日本人を金の亡者みたいに言うなよ。まず、戦争を起こさないことが最大の文化だと俺は思うな。平和であることが文化」

「ソノ次ハ？」

「清潔であること。生活のための場所を清潔にしようとすることも文化だと思うな。そういう意味では、アメリカは文化国家とは言えないね。だって、普通の市民たちが銃を持たないと身の安全を守れない国を文化国家と呼べるか？」

腕時計を見ると九時を廻っていましたが、夕焼けは鳴沙山を輝かせています。

みんなは、まだ砂山の頂上に坐っていたかったのですが、きっとラクダ使いたちはいらだっていることだろうと思い、私たちは腰をあげました。

くるぶしの上まで埋まる微細な砂の上に立つだけで、たちまち五十センチほど滑り落ちてしまうのですから、降りるために走り出すと、のぼるときの苦労とは逆の、不思議な快感に包まれました。

私たちは子供のように歓声をあげながら、鳴沙山から走り降りました。

ラクダに乗って振り返ると、デモンストレーションのために二度目の滑降を試みた青年が夕焼けのなかに浮かんでいました。

きょうは、まだまだ先の長い旅のために体を休めようということになりました。

日本の地図の表記では、これから先はみなカタカナの地域に入るのです。そして、いよいよ天山《てんざん》山脈の南麓、つまり西域北道のまっただなかに入って行きます。

そこは、ゴビと四十度を超す気温とウイグル族の国といってもいいでしょう。

ハミ、トルファン、コルラ、クチャ、アクス、カシュガル、ヤルカンド、タシュクルガン……。

中国領だけでも、まだそれだけのオアシス都市に足を踏み入れなければなりません。だから、ここで丸一日休息することはとても大切だと判断したのです。

朝、遅い朝食をとり、私たちはホテルの玄関の横にある電話室に行きました。そこには国際電話がかけられる電話が二台あります。

フーミンちゃんも、早朝から何度もこの電話室で杭州の奥さんに電話をかけようと試みたらしいのですが、まるでつながらないと苛立っています。

最近建った外国企業と合弁のホテルに行ったほうがいいのではないかと私が言うと、フーミンちゃんは、敦煌の電話局の回線が少ないのだから、どこの電話を使っても結果は同じことだと答えました。

「イナカネ。ココハ、イナカ」

「そりゃそうだよ。ここをいなかと言わずして何と言う？　だけど、ここから西はもっといなかになるから、敦煌で電話をかけておかないと、この先、どこで連絡がつくかわかったもんじゃないもんね」

私たちは、午前中、電話機の前から離れませんでした。そのうち、ワリちゃんはあきらめて、自分の部屋に帰って行きました。

「便りがないのは無事のしらせだと思ってくれてるだろう」

私もあきらめて、これが最後とボタンを押すと呼び出し音が聞こえ、妻の声が響きました。

無事に敦煌に着いたこと、私とダイとの親子ゲンカは、かろうじて抑えられていることと、ハシくんも下痢状態ではあるにしても元気で旅をつづけているから、大阪のご両親にその旨を伝えてほしいこと……。

私は妻にそう言って、フーミンちゃんに代わりました。

「初メマシテ。私、ワン・フミンデス」

フーミンちゃんは大声で私の妻と話し始め、このシルクロードの旅を終えたら、ぜひ夫婦で杭州へ来てくれと言いました。

「私、最高ノ旅行ヲサセテアゲマス。杭州、トテモイイトコロ」

私は自分の部屋に帰り、きのう莫高窟で買った〈敦煌石窟藝術〉をひらき、日本から持参した幾つかの資料や地図に見入りました。

地図の真ん中はユーラシア大陸。その中央に中央アジア。パミール高原を中心とする幾つかの民族と国々を有する中央アジアの東側で天山山脈の南側が東トルキスタンと呼ばれ、天山北路から西のペルシャ世界へとつながる広大な一帯を西トルキスタンと呼んでいます。

つまり、東西トルキスタンは、往古、アジアとヨーロッパを結ぶ交通路であったわけです。

それを絹の道と名づけたのは、一八七七年、ドイツの地理学者・リヒトホーフェンで、その著作『支那《しな》』において初めて絹の道という言葉が使われました。

パミール高原を中心として東西にまたがるトルキスタン地方を中央アジアと称するのが通例とすれば、我々日本人は、その中央アジアの東側全体に自分の先祖の姿を置いてみることができるはずです。

なにしろ、地球に人間が登場したころのことなので、私は私の祖先をタリム河の流域にたたずませてもいいのです。

しかし、これまでの旅で、私は自分の祖先を置いてみたい地にまだ立っていません。以前、北京で、ある中国の作家が、(その人は骨相学に興味を持ち、勉強したことがあったので)私の顔立ちを見つめ、頭や頬や顎の骨の形に触れ、

「宮本さんの祖先は、中央アジアのわずか東、もしかしたら西トルキスタンと重なるあたりだと思う」

と言ったのです。

酒宴の席でしたが、私はそう言われたとき、なぜかひどく高揚し、同時に粛然とした思いにひたりました。

彼はさらに私の瞳をのぞき込み、

「決して南アジアではなく、アジアの北でもない。目の黒い底に茶色の沈みが多いのがその証拠です」

と言いました。

「私の目は茶色なのですか?」

「茶色の上に黒が重なっているのです。基本は茶色。その茶色にやや青いものがある。

このあたりです」

彼は占い師のように爪楊枝《つまようじ》の先を私の瞳のある部分に近づけ、

「青い星が三つあります」

と言ったのでした。

「星？　星って何ですか？」

私の問いに、

「さあ、なんのための、どんな星なのか。宮本さんの人生が教えてくれるでしょう」

彼は笑って、私の盃《さかずき》に紹興酒をついでくれました。


私の最初の祖先は中央アジアのわずか東。あるいは西トルキスタンと重なるあたり。瞳の茶色のどこかに青い星が三つ……。

おそらく、その言葉が、私を星星峡へと駆り立てるのかもしれません。たまたま、星という文字があるだけなのに、そしてそこは西トルキスタンと重なる地域ではないのに、私の星星峡への憧れは、北京における酒宴の席から始まったということになりましょうか。

あしたは柳園《りゅうえん》を経てハミへ行きます。その途中に星星峡はあるのです。

またお便りします。お元気で。

ああ、書き忘れるところでした。莫高窟に描かれる幾つもの交脚の弥勒《みろく》の姿は、私には宇宙のなかの小さな竜巻に見えました。

草々

第七章

天道、是か非か

火焔山

六月六日の午前中はずっと薄曇りだったが、敦煌《とんこう》から柳園《りゅうえん》へ向かっているうちに晴れてきて、それにしたがって周辺のゴビの色が変わった。鉄色の部分、石炭のような色の部分が増え、ポプラ並木の姿が消えると、ゴビ全体が黒ずんでしまった。

柳園近郊は鉱物資源が豊富で、柳園という町も、石炭や鉄の採掘のために人工的に作られたのだという。

漢の時代の長城跡も黒ずみ、柳園のほうから荷物を満載したトラックがやって来る。石炭はハミでとれるのだが、それは列車で柳園まで運ばれ、そこからトラックで敦煌へ移送されるというから、トラックの多くは石炭を積んでいる。

おそらく、地下の鉱物が祁連《きれん》山脈からの伏流水を遮断するのかもしれない。柳園には地下水がなく、雨も降らないので、工場で働く出稼ぎ労働者のための飲料水も生活用水も、毎日、列車で運ばれてくる。

私たちは柳園の近くで車から降り、一木一草ない黒いゴビを歩いた。空気までが金属の匂いを放っているように感じられた。

「敦煌ノ町ハ、一九七九年七月二十九日ノ大洪水デ壊滅シマシタ。現在ノ町ハ、ソノアト作ラレマシタネ」

とフーミンちゃんは言った。

ひとつの町が壊滅するほどの洪水が、このゴビのなかで生じることは、にわかには信じ難いのだが、往古からシルクロードでは、たった一日、いやわずか数時間で、町や都市どころか、国が滅びてきたのである。

洪水、砂嵐、竜巻……。そのどれもが、突如発生し、おそらく想像を絶する規模で襲ってくるのであろう。

ダイが、黒いゴビで一匹の虫をみつけた。バッタの形をした透明の虫で、内臓が透けてみえる。ガラスで出来た人工の虫かと思えるほどで、無機質でなんだか気味が悪い。

「虫まで鉱物で出来てるんやろか」

とダイは言った。

そこから十キロほど行って、フーミンちゃんは何本かの煙筒を指差し、

「柳園デス」

と言った。霧雨が降っていた。この程度の雨は、ゴビのなかでは何の役にもたちそうにない。

鉱物を採掘するためだけの町には、そのために中国のあちこちから出稼ぎにやって来た人々だけが住んでいる。

周辺の黒い地肌と重なって、荒涼として寂しい人工の町である。そして、私たちはここで再び蘭新《らんしん》鉄道と出逢うことになる。

垢《あか》にまみれた人々は、汚れた服を何枚も重ね着して作業に没頭している。いったん脱いで、自分の寝る場所に置いたりしたら、たちまち誰かに盗まれてしまうので、ここで働く人たちは自分の持ち物をすべて身につけたまま仕事に出るのだという。だから、どんなに暑い日でも、冬物の衣服を着ている。盗まれたら、冬に着る服が失くなるのだ。

寂しい町には寂しい雨が降るのだと私は思い、これまで旅した幾つかの寂しい町のたたずまいを胸に描いたが、柳園の寂しさもまた格別である。

人々の表情に笑みはなく、一様に頬がこけ、肌は荒れ、うなだれている。

私たちは柳園の町で昼食をとったが、おそらくこの旅において最も味気ない粗末な料理であった。

私は、いっときも早く柳園から出たかった。こんなところにいたら生命力を失ってしまうと思ったのだった。「朱にまじわれば赤くなる」ということでもある。

こんなところに肉体労働をしに来る人たちは、それぞれどんな人生を持っているのだろう。この広大な中国にあって、あえて柳園で夏に冬物の服を着て働かねばならない人々は、みずからを流刑に処したかに見えるが、「生きるために」なのであろう。

「ココハ、冬ハ零下三十度ニナルソウデス」

食堂の主人と話をしていたフーミンちゃんが言った。

柳園を出たとたんに晴れて、ゴビは元の色に戻り、噴き出たアルカリは広大な湖かと錯覚させた。

星星峡《せいせいきょう》までの一直線の道には蜃気楼と小さな竜巻が私たちに驚きとも感嘆ともつかない声をあげさせた。

「空はない、天だけだと思ってたけど、とんでもない、ここには天もないな」

と私は言った。

「蜃気楼だってわかってても、いや、ひょっとしたら湖かもって思ってしまいますよね」

ワリちゃんも茫然と蜃気楼と小さな竜巻の群れを見ている。

「天もない……」

私は頭上を見上げ、司馬遷《しばせん》の『史記』の「伯夷列伝《はくい》」にある言葉を思い浮かべた。

「天道、是か非か」

筑摩世界文学大系の『史記』において川勝義雄《かわかつよしお》氏はこう書いている。

——実際に司馬遷は、単純な善悪の基準がそのまま通用するほど、歴史的世界が甘くないことを、身にしみて十分に認識していた。「伯夷列伝」の「天道、是か非か」という有名な問いかけは、その意識を端的に示す。清廉潔白この上ない仁者・伯夷は非業にも餓死した。孔子の推称してやまない賢者・顔回は貧窮のうちに早逝せざるを得なかった。にもかかわらず、大ぬすっとの蹠《せき》という男は、日々罪なき人々を殺し、人の肉を食うという極悪凶暴をかさねながら、ついに天寿を全うした。何という不合理！「天道にえこひいきはなく、常に善人に味方する」と老子はいうけれども、はたして天道をそのように楽観してよいのか、という痛切な問いかけは、司馬遷において、いわゆる「道」とは何ぞやという問題が、老子よりもさらに徹底して、つきつめて考えられていたことを示しているだろう。――

「中国の天は、あきらめろ、あきらめろとささやきつづけてるな」

西安《せいあん》以来、役人が公然とワイロを受け取るさまを見てきた私は、胸のなかでそうつぶやいた。

気温は急激に高くなり、これまでなだらかな起伏を描いていたゴビの彼方に変化があらわれた。起伏は尖って、ノコギリの歯のようになり、それが蜃気楼によって揺れたりうねったりしている。巨大な峰々の下に湖がある……。そんな錯覚にとらわれつづけるのである。

アルカリの噴き出た地点を幾つか通り過ぎ、四方八方、どこにも生き物の姿のないゴビの真っ只中を進んで、ふいに何の前ぶれもなく、閑散とした集落に入った。長距離トラックの運転手のための休憩地といったところで、小さなガソリン・スタンドが一軒、自動車の修理屋が一軒、どちらも土をこねて造ったと思われる四角い建物で、人影はまばらで、ゴビのなかのゴースト・タウンのようなたたずまいだった。

その暑い空疎な集落の入口に「星星峡」と書かれた看板があった。

「ここが星星峡……？」

私はそうつぶやいて車から降りた。

建物は七、八軒しかなく、使い物にならなくなった自動車のタイヤが転がっているだけの、こんな小さな、集落とも呼べないところが星星峡？

ここが、何年にもわたって私が憧れつづけてきた地なのか。

河西回廊《かせいかいろう》が終わり、新疆《しんきょう》ウイグル自治区の東の入口となる星星峡は、私が心に描いていたものとはあまりに異なっていたのだった。

私は、星星峡の真ん中に立ち、土の建物の陰で中国将棋に興じているトラックの運転手を見つめた。公安警察官が一人、私たちを気にもとめないで、将棋をさしている。いちおうは新疆ウイグル自治区の入口なので、公安警察官が常駐しているのであろう。

私は、長年にわたる自分の星星峡への思いを誰にも喋らなくてよかったと思った。もし、それを口にしていたら、ワリちゃんもハヤトくんも、私をどう慰めていいか困惑したことだろう。

「ここは、夜に来るところかもしれんな」

私は誰に言うともなく言った。河西回廊側の星々と、新疆ウイグル自治区の星々の、厳然と異なる居並びや光彩が、この場所でだけ見ることができる……、とでも思わなければ、私の気持がおさまらなかったのだった。

「行こうか。ここに立ってたら、俺たち全員、干しブドウみたいになるぞ」

私はそう言って車に乗った。


午後三時半、遠くの天の一角に、白いものが突然浮かんだ。私たちには、それが何なのか、すぐにはわからなかった。それは、天山《てんざん》山脈の東の峰のひとつだったのだ。

「あっ、あれは天山山脈だよ」

地図を見ていたハヤトくんが叫んだ。

「なんであそこに雪があるのに、ここはこんなに暑いの?」

とワリちゃんが言った。

天山山脈の白い峰は次第に大きくなり、たしかにワリちゃんの感慨が実感となって迫ってくる。

熱砂のゴビで天に浮かぶ雪を見ることの不思議である。

星星峡への失望から解き放たれていなかった私は、やがて気を取り直した。天山山脈の白い峰が、星星峡への落胆を覆ってくれたといってもよかった。

鳩摩羅什《くまらじゅう》という人間の存在を知った日から二十年かかって、俺はいま天山山脈の見えるところへ来た。俺はとうとう来たぞ。

その二十年のあいだには、いろんなことがあった。病気で癈人のような数年間をおくったこともあった。

酒に溺れ、愚かなことばかり繰り返していたときもあった。脳味噌がこわれてしまうかと思うほど小説を書きつづけた日々もあった。

しかし、俺は羅什が歩いた道のことを忘れなかった。ざまあみやがれ。俺は決めたことをやってのけたぞ。

東西トルキスタンの巨大な関所として、多くの侵略者や隊商や旅人たちの行く手を阻み、その厖大な雪解け水で砂漠の民たちを潤わせ、それによる洪水で一夜にして一国を消失させること数限りなかった長さ二千五百キロ、幅約四百キロの途方もない山脈の麓に、とうとう俺は来たぞ。

私はさまざまな思いにひたり、

「来たなァ。やっと天山山脈の見えるところに来たなァ」

と言った。私は、生きていてよかったと思うくらい嬉しかったのだった。

あの天に浮かぶ峰の麓にも、いま私たちが進んでいる道の左右にも、消えてしまった国々や部族や夥しい人生が砂の底深くに重なり合って埋もれているはずだった。

蜃気楼のいたずらが鮮明になってきて、四時半ごろにハヤトくんはそれをカメラに収めるために車を停めてもらった。

遠くに緑色の点が見えるが、オアシスなのか蜃気楼なのか、もはや私たちにはわからない。

道の向こうの、視力の及ばない地点で、何かが動いたり止まったりした。やがて、それは黒い点になり、二つの白い綿毛のようになり、白とピンクの人間の形になった。ウイグル人の夫婦と思われる中年の男女が並んで歩いて来ていたのである。亭主はピンク色の大きな布に毛布を包んで肩にかつぎ、白いシャツの女房はスコップを持っていた。

見えないほどに遠いところからゴビを歩いて来て、何食わぬ表情で見えない地点へと歩いて行く……。

車も自転車もない夫婦にとっては、歩く以外にないのだが、我々ならば十五分ほどで眩暈《めまい》を起こして倒れるであろう暑さのなかを、散歩でもするみたいに飄々《ひょうひょう》と、慌てるでもなく、疲れた様子もなく、ときおり笑みを浮かべて言葉をかわしながら、歩いて行く。

私たちは無言で、その夫婦が蜃気楼のなかに消えて行くのを見つめつづけた。

フーミンちゃんが、あと一時間でハミに着くと言った。

ハミ。中国表記で哈密。シルクロード交易が盛んであったころは伊吾《いご》と呼ばれたオアシスであり、ハミ瓜《うり》や西瓜の産地である。

世界の西瓜という西瓜は、すべてここから生まれたという説もあるが、トルファン盆地の鄯善《シァンシァン》県がその起源とされている。

私たちがハミに入ったのは午後五時二十分ごろで、ブドウ畑と桑畑の緑色の風景に包まれたあと、これまでにない長い長いポプラ並木に挟まれた道を進んだ。

村人たちが、そのポプラ並木をロバ車で行き交い、若いウイグル人のカップルが自転車に二人乗りして走りながら笑顔で言葉をかわし合っている。犬を散歩させるかのように、母羊の首に紐をつけて歩いている老人のあとを小羊がついて行く。

それらの人々の容貌は、さらに彫りが深くなり、金髪で目が青い人もいる。中国領ということになっているが、ここは歴然と、別の国、もしくは別の民族の地だなと思いながら、私は小さな日本という島国を思い浮かべた。

政治は、領土がどうの、主権がどうのと目の色を変えるが、この広大なユーラシア大陸の東では、さまざまな民族が融合したり闘ったりしながら、厳しい風土でしたたかに生きつづけてきたのだ。

ポプラの木の下で談笑しているウイグル人の老人たちを見ると、白楽天《はくらくてん》の詩が何を語りたかったのかがわかるような気がする。

蝸牛角上《かぎゅうかくじょう》、何事か争う
石火光中《せっかこうちゅう》に、この身を寄す
富めるに随《したが》い、貧しきに随いて、
しばらく歓楽せよ
口を開いて笑わずんば、これ痴人《ちじん》なり

荘子《そうし》の故事では、カタツムリの角の上では二つの種族が絶えず戦争していて、左の角には触氏《しょくし》という部族が、右の角には蛮氏《ばんし》という部族がいて、多くの戦死者を出しながら争いをやめることがない。

たかがカタツムリの小さな角の上で何を争っているのか。なんと、ちっぽけなことであろうか。

同じように、人間たちも、火打ち石の火に等しい短い人生のなかで、じつにつまらない争いをつづけている。

そんなことよりも、富める者も貧しい者も、それぞれに自分の人生を楽しんではどうなのか。

人として生まれて、大きな口をあけて笑うような楽しく平和な人生を生きなければ、その人は愚か者である。


白楽天は、この地球をカタツムリの頭ほどの大きさにとらえて、人間のいじきたない根性を笑ったのだった。

たしかに、宇宙というものを心に描くならば、地球などはケシ粒ほどの星にすぎない。その星のなかの小さな国で、人の物を盗《と》ったり、殺し合ったり、絶え間なくいがみ合ったりしてきたのが、人類の歴史である。

どうして、国と国とは、お互いを尊重しあって、足らないものは補いあい、協力できるところは協力し、話し合いによってすべてを解決しようとしないのか。

なぜ、人間は他人の土地や持ち物を奪おうとするのか。

長いポプラ並木の木陰で休む羊やロバや人間を見ながら、私はこの大きな中国が、どうしてウイグル人の国を欲しがるのか不思議に思ってしまう。

おそらく、東西南北に睨みをきかせる核基地や、そのための実験場や、油田などがあるからであろう。

そして、自国の核兵器は、他国の核兵器がこちらに睨みをきかせているかぎり、なくてはならない切り札だという論理が成り立つのであろう。

しかし、どんなに理想論者として小馬鹿にされようが、私は井上靖氏が『孔子』で書いた「葵丘《ききゅう》会議」の持つ意味に強い憧れと理想を抱いてしまうのである。

「葵丘会議」とは、孔子が生まれる百年ほど前に、宋《そう》の国の北、葵丘という小さな村で、当時の列強のあいだに取り交わされた平和の盟約だという。

それは、黄河《こうが》の流れを曲げることなき誓い。黄河の堤を切ることなき誓い。この二つを誓った会議で、参加国は魯《ろ》、鄭《てい》、衛《えい》、斉《せい》、宋の五ヵ国であり、中心となったのは斉の桓公《かんこう》であったと伝えられている。

この会議のあと、二つの誓いは数百年間、守られつづけたのである。巨大な河の流れを変えさえすれば、難なく戦争に勝てる場合もあっただろうし、その堤を切れば敵国の田畑をいちどきに流し去って占領できる場合もあったはずだが、どんなに戦乱がつづいても、葵丘の盟約は守られつづけた。黄河はその流れを変えることはなかったのだった。

井上氏は『孔子』でこう書いている。

――このように、ここで、いま思い出しただけでも、沢山の国々が亡んでおります。(中略)併し、こうした中で、葵丘会議に於ける取り決めは、爾来《じらい》、二百年の間、ついに破られることなく、今日に到っているのであります。どうして、こうした人間が、みなが倖せに、平穏に、楽しく生きる社会を、国を、国と国との関係を造り得ないことがありましょう。そうした時代を招き得ないことがありましょう。――

私は、ハミの村のなごやかな喧騒と、桑畑の横を流れる澄んだ水を見ながら、白楽天の詩にある蝸牛角上の争いと、紀元前六五一年の昔に結ばれて守られつづけた葵丘会議のことを考えていた。

この現在の地球に悪と殺戮《さつりく》と侵略をはびこらせたものは、いったい何であろう。為政者や権力を持つ者たちから、人民への慈しみや奉仕の心を奪ったものは何であろう。世界は、いまこそ、新しい葵丘会議の席につかねばならないはずであり、それを万年にわたって遵守するのは、さして難しいことではないはずなのに……。

ハミの中心部の手前に、網の目のように灌漑用水路が張りめぐらされた黄田という村があった。

その水は、日干し煉瓦を積み重ねて建てられた黄土色の農家の集落を縫って流れ、丈高いポプラ並木に充分な潤いをもたらしてから、桑畑やブドウ畑へと沁み込んでいく。柳園の寂しさとはあまりにも対照的な豊かさのなかで、ウイグルの民族衣装を着た若い女たちが洗濯をしている。その周りで、七、八歳の子供たちが遊んでいる。

子供たちは靴もシャツも脱いで、用水路のなかで水遊びをしているのだが、五分もたたないうちに、日の当たるところに集まって、冷たくなった体を温めている。

私たちは車から降り、灌漑用水路の中心部にある水の吹き出し口のところへ行った。太い管から、とめどなく大量の水が噴き出て、それがオアシスの樹木を養っているのである。もうこの水は祁連山脈からのものではなく、天山山脈からの水だという。

その澄みきった氷水のような灌漑用水は、私だけでなく、フーミンちゃんやワリちゃんたちをも、はしゃいだ心にさせたようだった。

ハシくんもダイも、笑顔で水に腕をひたしたり、ハンカチを濡らしておしぼり代わりに首筋を拭いたりした。

ハヤトくんは、洗濯をしているウイグル族の女性を写真に撮ろうと近づいたが、彼女たちは明確な拒否の仕草をして、ハヤトくんを強い目で睨んだ。

イスラム教徒の女性は写真を撮られることをいやがるが、宗教上の問題としては、イスラム教徒は男女の別なく、首から上の肖像、とりわけ目には悪霊が宿るとして、自分の顔を撮影されることに積極的ではない。

しかし、そうしたことも時代の変化によって、かなり緩和されたのだが、この黄田の村の女性たちの拒否の態度は一本筋が通っていて、かえって好感が持てるほどであった。

フーミンちゃんは、かまわないから強引に撮れと言ったが、ハヤトくんは女性たちに手を振り、

「写真は撮りません。どうもすみませんでした」

と言って、私の近くに戻って来た。

子供たちは、みなきれいな顔立ちで、鼻筋が通り、肌もきめこまかい。

私は、そのなかでもガキ大将格らしい男の子を手招きし、一緒に写真を撮ろうと誘った。

男の子は、はにかんで、建物の陰に隠れたが、私が再び手招きすると、照れ臭そうに笑いながら近づいてきて、ハヤトくんのカメラにおさまった。

「なんで、うちの息子の顔を撮ったんだって、でっかいナイフを持って、親父《おやじ》さんが追いかけてこないかな」

私がそう言うと、フーミンちゃんは、大丈夫、大丈夫と言いながら、男の子に五元紙幣を渡した。

男の子は、驚いた表情で強引に手渡された紙幣を見てから、何か言いながらポプラ並木を走って行き、遊び仲間は口々に叫んで、そのあとを追った。

「子供にお金を与えるのは、よくないよ」

ハヤトくんはフーミンちゃんに言った。その言葉で、フーミンちゃんの顔色が変わっ

た。

「ヨクナイコトハナイデショウ」

「いや、よくない。五元ていったら、あの子たちには大金だ。写真を撮らせただけで五元もらえるっていうふうに思っちまう。それはよくない」

「ドウシテデスカ。私、ソウハ思ワナイネ。オ金ヲイヤガル人イマスカ。私ノヤリ方、嫌イデスカ」

少し険悪な様相を呈してきたので、私は、まあまあとあいだに入り、早くホテルに行ってシャワーでも浴びようと促した。

ハヤトくんの性格からすれば、西安に着いて以来、どうもいまいましいことだらけなのであろう。

とりわけ、公然とワイロが行き交う只中に自分がいることをいさぎよしとしない思いが、ウイグル族の少年の一件で、つい口に出たのであろう。素朴な村の少年に、簡単に金を与えるのは、その少年にとってよくないと。

けれども、それはフーミンちゃんにとっては、自分というものを否定されたのに等しかったのかもしれない。俺は俺のやり方でお前たちの旅の目的を果たさせようと努めているのだ。文句があるなら、他の人間と代わってもらってくれ……。

しこりを残したままの表情で車の座席に坐っているフーミンちゃんに、

「クンジュラブ峠までは、まだまだ遠いなァ」

と話しかけた。

「私、クンジュラブ峠マデ一緒ニ行ケナイカモシレナイ。タシュクルガンデ別レルト思イマス」

あっ、こいつ、すねてやがる。私はそう思い、フーミンちゃんの肩を笑いながら叩いた。

「そんなこと言うなよ。俺たち、フーミンちゃんが頼りなんだから。そんなに奥さんに逢いたい？」

「私ノヤリ方、ミンナ、嫌イデスネ」

「そんなことないって。クンジュラブ峠まで一緒に行ってくれたら、チップをはずむから」

「イクラ？」

「五元」

「私、ソレ持ッテ、クンジュラブ峠ヲ走リマショウ」

荷台に、葉の繁ったポプラの枝を満載し、三人の人間まで乗せて、ロバが道の真ん中を懸命に進んでいた。私はロバ以上に働き者の家畜を見たことがないと、なぜかふいに胸をつかれる思いでロバを見つめた。こんなに働き者で、こんなにいつもしょんぼりしている動物はいない……。

私はそう思いながら、

「ロバ一頭は五百元か……」

とつぶやいた。

「ラクダハ二千元ネ」

とフーミンちゃんが言った。

宿舎のハミ賓館に着いて、敦煌からの走行距離を見ると四百二十九キロだった。

私たちの宿舎であるハミ賓館には、これまでの運転手及び現地ガイドと交代する三人の人物が待っていた。三人とも前日にウルムチからやって来たという。私たちがクンジュラブ峠を越えるまで、これからずっと旅をともにする人たちである。

運転手の鞠《きく》さんは、愛想笑いなんかまったく浮かべない、いかにも人づきあいにうとい職人といった感じであるが、新疆対外友好協会の職員である曹《そう》さんは日本語は解せない三十七、八歳の物静かな男性で、現地ガイドの常《じょう》さんはフーミンちゃんよりもはるかに日本語が下手な、頭を短く刈った青年だった。

私のこれまでの認識からすれば、中国の対外友好協会はれっきとした政府機関で、いわば外務省の一機関である。

その職員が、なぜ一介の旅行グループである私たちに、これから長期間同行するのかが不審に思われた。

フーミンちゃんの説明によれば、ここから先はずっとウイグル人たちの自治区なので、自分たちの使う中国語が充分に通じない地域も多いし、何等かのトラブルが生じた際、対外友好協会の職員がいるほうが何事も円滑に進むからだという。

「でも、彼は役人だぜ。役人が旅行者のガイドをやるのか？　しかも曹さんは幹部クラスや」

その私の、不審が消えていない言葉つきに、

「ソウイウ考エ方デイキマスト、私モ役人デ幹部デス。ソウジャアリマセンカ？」

とフーミンちゃんは皮肉っぽい笑みを浮かべて訊き返した。

言われてみれば、まさにそのとおりである。共産圏にあっては、仕事を持つ人はすべて公務員ということになる。

相手がどんな立場の人間であろうと、こちらは旅が支障なく進めばいいのであり、深読みすれば、ここから先には外国人立入禁止の、いわゆる〈未開放地域〉が幾つかあり、取材ビザで入国した新聞記者と作家の動向をチェックするお目付役も兼ねて、政府機関の職員が派遣されたとしても不思議ではない。

「いつも見張られて、痛くもない腹をさぐられるのはありがたくないなァ」

私はそう笑顔で言った。

「大丈夫。私ニマカセテ下サイ」

フーミンちゃんは、二人に少しお金を渡してくれと言う。いわゆる、こころづけというやつである。

「それは大割記者に相談してくれ」

私は言って、シャワーを浴びた。湯が出るときに浴びておかないと、いつ湯どころか水も出なくなるかわかったものではないからだ。

ハミ賓館は、ホテルの建物とは別のところに食堂が二軒あった。一軒は中華料理で、一軒は清真食堂で、イスラム教徒のためのものである。

私はイスラム教徒の食事をとってみたいのだが、フーミンちゃんにいつも反対される。到底、みなさん方のお口に合う料理ではないし、衛生面で不安が多いというのが理由だったが、じつはフーミンちゃんが清真料理を嫌いなのではないかと思い、私はシャワーを浴びたあと、フーミンちゃんの部屋に行って、きょうは清真料理を食べようではないかと誘った。

フーミンちゃんは、パンツ一枚の格好でドアを小さくあけて顔だけ出し、

「クサイ肉バッカリ。ミナサン、マタ下痢スルネ」

と言った。

フーミンちゃんは、敦煌で病院に行き、点滴を受けたことを明かした。腹具合の悪さは、天水《てんすい》以後つづいてきたらしい。

「天水麺、私ダケ食ベタ。ミナサン、食ベナカッタ。友ダチジャナイネ」

フーミンちゃんの行動で特筆すべきことは、ホテルの自分の部屋に入ると、すぐにパンツ一枚になってしまうことである。すぐにというのは充分に表現しきった言葉ではない。電光石火、あるいは、何かにせきたてられるように、もしくは、朝、服を着た瞬間からパンツ一枚になりたい衝動に耐えつづけていたかのように、といったところかもしれない。

部屋の前で別れ、私が何かを言い忘れたことに気づいてフーミンちゃんのドアをノックすると、たったの三十秒も経過していないのに、フーミンちゃんはじつに迷惑そうな表情でドアを薄くあける。そのとき、彼はすでにパンツ一枚になっているのだ。

その理由を一度訊いてみたいのだが、気を悪くさせるかもしれないと思って、私は我慢している。

人間というものは、こちらが思いも寄らないことで他人を傷つける場合が多くて、余計な質問や冗談で失敗したことが、私には幾度もあるからだ。

まだ太陽は頭上にあるというのに、私たちは夕食のために食堂へ行った。

ウェイトレスたちは、みんな珍しそうにダイを見つめた。片方の耳にピアスをしている若い男性に驚いているのであろうし、ダイが着ているTシャツも、この地方では目にすることのないイラストが描かれているからであろう。

トマトと玉子の炒め物、ピーマンと鶏肉の炒め物、川魚のスープ、丼鉢に麺を入れ、そこに、あの臭い味噌をかけたもの、焼飯、そして大盆鶏。

「西安を出てから、こればっかり」

とダイはつぶやき、ウェイトレスに見えないようにしてプラスチックの箸をライターであぶって消毒した。

「どうもフーミンちゃんは、俺たちはこれ以外のものは好きではないと勘違いしてるんじゃないかね」

私は、隣のテーブルにいるフーミンちゃんに聞こえないように言った。

「あとで私から言います。もっと他の料理も注文してくれって。でも、これまでも何回かそう言ってきたんですよ」

ワリちゃんは機嫌が悪そうに言った。

しかし、途中でシシカバブが出て来た。羊の肉の串焼きである。

「さすがウイグルの国」

ワリちゃんは顔をほころばせて羊の肉を口に入れ、

「この匂い、私は駄目ですね」

と言って、二度とシシカバブに手を出さなかった。

「うまい。こんなうまいもの、大割、鼻をつまんで食え。そうしないと、これから先、肉なんて食えないぞ」

ハヤトくんは言った。


夜の十二時前、やっと空気が冷たくなり、窓から涼しい風が入って来た。

私は、何をするともなく、ホテルの部屋の汚れた椅子に坐り、天水以後、どうして自分はそれぞれの町の夜を散策しないのかを考えてみた。

答えはすぐに出る。私のなかで、いやな予感のようなものが消えていないのである。私はこれまで、治安の悪い国を幾つか旅行している。うっかり足を踏み入れようものなら、生きて出てこられそうにもない路地やアパートや特殊な繁華街にも、私は用心しながらも入って行った。

だが、天水に着いた夜に私が抱いた予感は、これまでの旅とは多少異なった恐怖であった。

人心のすさみ、もしくは荒廃。あるいは治安を守る立場にある者たちが発散する悪意や汚濁の蔓延。それらは、音もなく私たちを取り巻いているように感じられてならないのだった。

そんな奇妙なアトモスフィアは、ゴビに入って、オアシスに一歩足を踏み入れると、私に強い警戒心をもたらし、いっときも早く、人間がたくさんいるところから遠ざかりたいという思いを抱かせつづけてきた。

肉体的には極めて劣悪な条件のゴビの只中のほうが安心していられる。けれども、肉体的なつらさや体力には限界があって、やはり宿泊設備のあるオアシス町で食事と睡眠をとらなくてはならないが、そのオアシスはどうにもこうにも油断できない。

オアシス町の夜を見学に出かけて、うろうろしていたら、何か厄介なことに巻き込まれそうだという予感は、新疆ウイグル自治区のハミに着いてからも、薄まるどころか、さらに濃厚になっていたのだった。

なんだか、この国は、平和とは逆の方向へ進みつつあって、それが人々の人相やたたずまいにあらわれているといった印象をぬぐい去ることができないのである。

そしてそれは、今後、中国の国境を出るまでつづくであろうと私は思った。

私は部屋の明かりを消して、ベッドに入った。星が視界に沁み込んできた。さまざまな虫の声が聞こえる。遠くでなのか近くでなのかわからない響き方で、列車が走りすぎていく音も聞こえる。

鉄路は蘭新鉄道以外にはないので、蘭州とウルムチを結ぶ列車なのであろうが、風のせいなのか、その響きは、西から聞こえたり東から聞こえたり、ときに天空から落ちてきたりする。

子供のころ、医者から、二十歳まで生きられるかどうかわからないと言われた私が、四十八歳になって、シルクロードのハミで星を見ながら虫の声を聞いている。この世のものとは思えない列車の響きは、宮澤賢治《みやざわけんじ》の『銀河鉄道の夜』を思い起こさせる。なんだかいろんなことが、脈絡もなく浮かんでくる。

マッチ擦るつかのま海に霧ふかし身捨つるほどの祖国はありや

（『われに五月を　寺山修司作品集』思潮社刊）

寺山修司《てらやましゅうじ》の歌がこれまでになく心に沁みるようで、

「ここには海はないけどな」

とつぶやいたあと、私は、そうだ、西へ少し行けば、世界第二の移動性砂漠・タクラマカンが巨大な口をあけていると思った。

古代のウイグル人たちは、タクラマカン砂漠を〈生きて帰らざる海〉と呼んだのだから。

〈空に飛鳥なく、地に走獣なし〉であり、〈死人の枯骨を道標とする〉しかない死の砂漠を〈海〉と形容した古代のウイグル人もまた〈身捨つるほどの祖国はありや〉であったような気がする。

生死　悠悠たるのみ
一気《いっき》　之《これ》を聚散《しゅうさん》す
偶《たま》たま来たれば紛《ふん》として喜怒すれど
奄忽《えんこつ》として已《すで》に復《また》辞せり

「唐詩」における柳宗元《りゅうそうげん》の詩だが、ここから先が思い出せなかった。

生死とは非情に過ぎゆくものであり、一つの気が集まったり散ったりするだけのことではないか。たまたまそれらがやって来ると、喜んだり怒ったりして騒ぐが、あっというまにそれも過ぎ去ってしまう……。

まあ、わかりやすく書けば、そんな意味であろう。

それにつけても、中国の教養人たちの度量の深さは、幼少時に、父や母や祖父母たちから、折につけて唐詩や漢詩を教わるからだと聞いたことがある。

千年以上の歴史を重ねてきた唐詩や漢詩は、文意を解せる者にも、充分に解せない者にも、その韻律の心地良さによって、人間の営みのあらゆる機微を知らず知らずのうちに教育するというのである。

中国が、いかに強固な共産主義体制を敷き、言論の統制を行おうとも、ある一定以上の教養を持つ家では、母親が子供に、しょっちゅう中国の伝統詩を聞かせて教える習慣があり、それは今日でもつづいている。

その、いわばささやかな家庭教育が、中国社会の教養人の精神的豊かさと人生への度量を支える大きな基盤となっているという。

ここで言うところの教養人とは、政治家でも権力者でもない。このことは、声を大にして語っておかなければならない。

ひるがえって、私たちの国を考えれば、世の中の風潮がどんなふうであろうが、それはそれとして、若い母親が幼児に唐詩や漢詩に等しいものを、日常的に教えるなどということがあるだろうか……。

ハミの町から聞こえる蘭新鉄道の列車の響きは、あまりに多く、あまりに長すぎて、なんだかそのうち幻聴かと気味悪くなり、私は窓を閉めた。

六月七日の朝、ハミを出て西へ向かうと、すぐに石油コンビナートで働く人々のための団地が見えてきた。ゴビのなかに、白くて四角いコンクリートの建物が並んでいる。

天山の峰々は間近に見える。羊たちは、道を横切って、草のあるところへ移動し、羊飼いは、道を走ってくる車のことなど、まるで気にもとめていない。

この国の人々は、車はいつでも間一髪のところで避けてくれると信じきっているようで、我が国の標語である「車は急に止まれない」というのを教えてあげて、その標識を至るところに掲げるべきだと思うのだが、まあそんなことをしたところで、「知ったことか、轢くなら轢いてみろ」と一笑にふされるであろう。

天山山脈を左に見ながら、トルファンめざして進んでいると、前方に小さな池が見えてきた。ハミを出てから一時間半がたっていた。

その池の周りに、牛、ロバ、馬などが二十頭ばかり集まって草を食み、木製のリヤカーに生活用具を積んだウイグル族の男が三人、寝そべっている仔牛の傍《そば》に坐っていた。男たちは、ウイグル族独特の丸い帽子をかぶり、ヤカンで湯を沸かしている。みな、純朴な目をしている。

私たちは車から降り、ウイグル語で「ヤクシムセス」と挨拶して、彼等のいるところに近づいて行った。

「ヤクシムセス」とは、こんにちはという意味で、もっと気軽な言い方は「ヤクシー」だと、私たちはきのう学んだばかりだった。

男たちは「ヤクシー」と笑顔で応じた。服も顔も指も汚れているが、悪意を感じさせない顔立ちだった。

ハミ郊外に住んでいるが、家畜たちに草を食べさせるため、五日前に出発した。予定はあと五日ほどで、草を求めて天山の麓のほうへ向かうという。

私は、三人に煙草をあげて、ライターで火をつけながら、この仔牛はひどく元気がないが、どうしたのかと訊いた。

仔牛は生まれて二日半たつが、母牛が乳をやるのをいやがるので、自分たちが焼いたナンを水で溶いて、それを粥状にして飲ませているのだという。

「不届きな母親だな。どの牛です？」

私の問いに、男たちは笑いながら一斉に遠くにいる一頭の牛を指差した。

「こら、お前、自分の子やろ。産んどいて、お乳をやるのがいややなんて、お前、それでも母親か。見ろ、死にかけてるやないか」

生まれて二日半で、母親の乳を一滴も飲んでいないが、リヤカーの作る陰のところに元気なく横たわる仔牛は、大きな犬くらいある。

なんだか、よるべない目をして、仔牛は、頭を撫でる私を見つめた。

「トテモワカリニクイネ。コノ人タチノ中国語、私ニハヨクワカラナイ」

フーミンちゃんは言って、池の周辺の、苔状の草を見やった。

「先生、煙草ノアゲカタ、中国人ヨリウマイネ。相手ガ受ケ取ッタ瞬間、モウ、ライターノ火ヲツケテル。相手ハ、イヤデモ吸ッテシマイマス」

「フーミンちゃんの薫陶のお陰ですな」

男たちのリヤカーには、毛布や革製のバケツや、ナンを入れた袋が積んであった。

「母親がこのまま乳を飲ませなかったら、この仔牛、死んでしまうんじゃないですか」

と私は訊いた。仔牛は、ひどく弱っているように見えたのだった。私が顎の下に手を入れて、顔を持ち上げると、その顔をあずけきって、濡れた目で私を見つめるばかりで、まったく体を動かそうとはしない。

「大丈夫。ちゃんと育つ」

と男たちはどこか誇らしげに言って、溶かしたナンを入れてある器を持ち、仔牛の口を手でこじあけて飲ませた。そのほとんどは土の上にこぼれたが、ほんの少しは仔牛の胃のなかにおさまったようであった。

根気良くこうやってナンを飲ませていれば、そのうち立てるようになり、自分で母親の乳に吸いつく力が出てくるのだという。

「まったく人間以下だよ、この母牛は」

あたしの知ったことかといった顔つきで草を食んでいる母牛に私はそう言った。

この地域のウイグル族が焼くナンは、ぶあついお好み焼きくらいの大きさで、食べてみると粒子は粗いが、香ばしい。

男たちは、どんな用事でここに来たのかと私に訊いた。鳩摩羅什のことを知っているはずはないので、私はシルクロードの歴史を調べに来たのだと説明した。

私たちが礼を言って車に戻りかけると、男たちは笑顔で手を振った。私は天山を指差し、あの麓まで五日で行けるかと訊いた。五日も歩けば辿り着きそうでもあるが、いつまで歩きつづけても近づけないような気もしたのだった。

男たちは大きく頷き、五本の指をひろげ、

「ここから、ちょうど五日間だ」

と言った。

「なんだろうな、あの柔和なたたずまいは」

車に戻ると、私はワリちゃんに話しかけた。

「ウイグル人のあの穏やかな笑顔こそオアシスだって気がするよ」

「このあたりの漢民族の連中の顔つきが、険《けわ》しすぎるんですよ」

とワリちゃんはフーミンちゃんに聞こえないように声をひそめて言った。

「でも、中華料理のほうがいい。ぼくはきのう、あの羊の肉の匂いで目が醒めました」

ほんの、二、三きれしか食べていないのに、息を吐くと羊肉の匂いが鼻をついて、気分が悪くなるのだとワリちゃんは言うのだった。

「そうかなァ。俺はシシカバブ、気に入ったな、幾らでも食えそうな気がするな」

そうハヤトくんが言ったので、

「そういうときは羊が一匹、羊が二匹ってかぞえたら、眠れるかもしれんな」

と私はワリちゃんに言った。ワリちゃんは、なんだか恨めしそうに私をにらんだ。


まっすぐな道に沿って、延々と電柱がつづく。一本の電線は、たわみながらも、オアシスに電気を送りつづけている。

ゴビの真っ只中に、何千キロもの道を作った人たちにも頭が下がるが、同時に、電柱を立て、電線を架けていった人たちの労苦も、言語を絶するものであったにちがいない。

西安からクンジュラブ峠までの中国領だけでも、いったい何本の電柱が、長い長い道に沿って立っていることであろう。

その数を知りたいと思いながらも、私の思考能力はほとんど麻痺《まひ》してしまっている。

トルファンに近づくにつれて、気温は上昇し、大気のわずかな湿りも消失してしまったようで、ゴビ全体が陽炎で揺れ、巨大な湯の海の底を走っているのではないかと思うほどであった。

「もう竜巻なんて、珍しくもなんともない。あそこにも、あそこにも、ほれ、こっちにも、竜巻ばっかり。竜巻と竜巻がぶつかって、ひとつになったら、そこでもっと大きな竜巻になるのかと思うけど、そうじゃないんだな。ぶつかり合ったら消えてしまう。両雄、並び立たずってことを、俺は一分間に五回ほど教えられつづけてまっせ」

私はシャツの胸をはだけ、ミネラル・ウォーターの壜を持ったまま、力の入らない声でそう言った。

「もうじき、湖があるんですよ」

地図を見つめて、ハヤトくんが言った。

「蜃気楼が、地図のなかにも幻の湖を作ったんじゃないの？　こんなところに湖があるなんて、考えられまへんで」

「いや、たしかに湖ですよ。これを見て下さい」

ハヤトくんが地図を指差した。

「この地図では小さいですけど、実際は、かなりでっかいと思いますよ」

地図には間違いなく米粒大の円《まる》い水色が描かれていた。フーミンちゃんたちも、この湖まで、あと五キロといったところであろうと言った。

「このまま、どぶんと飛び込みたい」

ダイは本当にそうするつもりらしく、靴の紐を解き始めた。

道はうねり、ゴビの色が変化してきた。黄色だけでなく、朱色や灰色や薄い青の縞模《しまも》様《よう》が、私たちの周囲にひろがり、噴き出たアルカリが鏡のように光っている。

ひときわ大きな道のうねりを越えたとき、私たちは黙り込んで、眼前にあらわれた途方もない窪地に見入った。地図に描かれていた湖は干上がり、光るアルカリと黄土と青い縞模様の砂だけの、静まりかえった廃墟のような寂しさが揺れていたのだった。

「涸れたんですねェ」

とハヤトくんが顔をしかめてつぶやいた。

「何もない。空もない。ただ天だけ」

私は言って、なぜか、

「天道もない」

と言いかけた。フーミンちゃんに聞こえて、また機嫌を悪くさせてはいけないので……。

「よくもこんなところに道を作ったもんやな」

私はそう言い換えて、うしろを振り返った。美しい風景が、うしろにあった。前に進んでいるときは、ただの起伏にすぎなかったものは、振り返って見つめてみれば、怪奇な形の、それでいて微妙な彩色にちりばめられた丘であり、尖った美しいうねりであり、ラクダ草の茂った潤いの一角であった。

——静かな心で、うしろを振り返ってみなさい。

私にゴルフを教えてくれた人の言葉が、ある重みをともなって甦った。

一球、ボールを打つたびに、ボールが飛んだ地点まで行って、うしろを見てみなさい。そうすれば、どんなに簡単な道のりであったのかに驚きますよ。

その人は、そう言いたかったのだ。ここまで来るのを難しくしていたのは、ほかならぬ自分なのだ、と。

「魃《ばつ》が出てきそう」

と私はつぶやき、牙のような岩山の向こうを見た。

十数年前、京都で井上靖さんと酒席を共にさせていただいた際、井上さんは「魃」について楽しそうに語った。

漢代の奇書『神異経《しんいきょう》』に魃という化物が出てくる。魃は南国の生まれで、身の丈二、三尺。せいぜい七、八十センチというところ。頭のてっぺんに目があり、もろ肌ぬいで衣類を腰に巻き、風のごとく駆け抜けて行く。魃が駆け去ったあとの土地には、大干魃《だいかんばつ》、不毛は遠く千里に及ぶ。

干魃の災害を消すためには、この化物をつかまえて濁水に放り投げて殺す以外にないのだが、いまだかつて、この魃という化物をつかまえた人間はいない……。

「いかにもいそうですね。身の丈七、八十センチの、頭のてっぺんに目がある、とんでもないすばしこい化物が。こいつが走り去って行くさまが、私には目に浮かびますよ。

こいつに走られたところは、すべて大干魃で、不毛の地になる。いかにもいそうじゃないですか」

この話をしていたときの井上さんの目の輝きを、私は忘れられないでいる。


中国の、いわゆる怪奇譚には、荒唐無稽でありながらも、鼻白む絵空事がない。ゾンビやエイリアンは登場しないし、鉛筆や消しゴムや机や椅子が喋ったりはしない。中国のアフォリズムは、表であろうが裏であろうが、掌のなかであろうが宇宙の外であろうが、人間以外には吊り橋を架けていない。

民族として信ずるに足ると思えるのはその点で、「魃」という化物にしたところで、いまふいに西からあらわれて東に走り抜けようとも、私たちは、ああ、あれが魃か、と見送って、何事もなかったように背を向けられそうな気がする。

そのような国における「天道」とは何か……。おそらく、私たちの「天道」という概念とはいささか異なる尺度があるはずで、その尺度を理解し認識することから、これからの新しい友だちづきあいが始まる……。

「湖が消えるのも、ひとつの民族が消えるのも、この国では、たいしたことやおまへん」

私はそう言って振り返ったが、みんなの姿はなかった。

道の横に、大きな黄土の塊があり、ちょうど見晴し台のような形になっている。私以外の者たちは、いつのまにか、そこにのぼって、壮大というしかない光景を見ていたのだった。

ハヤトくんがカメラのシャッターを切る音が聞こえ、ワリちゃんとフーミンちゃんが話している声も聞こえるが、姿は見えない。

飛行機から見る眼下の雲は、綿菓子のように見えて、そのまま飛び降りても歩けそうな錯覚がするものだが、干上がった湖の周辺と、その後方の奇岩の居並びは、まるで機上から眺める雲そっくりで、私は自分のいるところが天空なのか地上なのかわからなくなる思いであった。

四方八方、人の姿はなく、地平線から地平線へとつながる道に車はなかった。

私は、ハミを出てから二回、乾河道《かんかどう》を目にした。かつては豊かな川であったところが涸れ、川の形だけの果てしない窪地と化したところを乾河道と呼ぶ。

その乾河道の持つ非情、もしくは寂寞《せきばく》というものも特別であるが、広大な湖が乾き切ったさまも、寂しさとか虚しさといった言葉を超えている。

その橋は、まことと、ながかりきと、
旅終りては、人にも告げむ、

雨ながら我が見しものは、
戸倉の燈《ひ》か、上山田《かみやまだ》の温泉《いでゆ》か、

若き日よ、橋を渡りて、
千曲川《ちくまがわ》、汝《な》が水は冷たからむと、
忘るべきは、すべて忘れはてにき。

若くして死んだ津村信夫《つむらのぶお》の詩が、天空から舞い落ちるかのように私のなかで浮かび出た。

砂漠にあっては、国も王城も都市も、河も湖も、人間たちや歴史そのものも、いつのまにか消えていってしまう。そのありさまは、「忘るべきは、すべて忘れはてにき」として、砂嵐や竜巻に攪拌《かくはん》されるしかない……。

私はそんな思いで、いつまでもその場を立ち去りがたかった。

ハミからトルファンへ向かう者は、火焔山《かえんざん》を通らなければならない。火焔山の暑さは伝説化していて、『西遊記《さいゆうき》』でも、孫悟空《そんごくう》が三蔵法師《さんぞう》に少しでも涼を取らせようと、キントウンに乗ってウチワであおぐ場面が出て来る。

「とにかく暑かった。それ以外の言葉はない……」

火焔山を通った人のほとんどは、私にそう言ったものである。

そのとんでもない暑さをくぐり抜ける前に、私たちは昼食をとらなければならなかった。

鄯善という町に入り、私たちは食堂を探した。フーミンちゃんたちが何軒かの食堂をのぞき、最も清潔そうな店を選んだ。店の名は「小世界」。正しくは「小世界川菜館」である。

「川なんか、どこにおまんねや」

私は食堂の前の日陰でビリヤードをしている人たちを見ながら、そう言った。

「腐った川魚が出てくるんじゃないでしょうね」

ワリちゃんも心配そうな顔で言った。

「大丈夫。大盆鶏《ターパンツィー》モアリマス。私、自分ノ目デ冷蔵庫シラベタ。古イ肉デハアリマセンデシタ」

フーミンちゃんは、店に入ると、勝手に調理場の冷蔵庫をあけ、店の主人にあれこれ指示を出した。まるでフーミンちゃんのほうが経営者みたいで、主人はその気迫に気圧《けお》されて、なにやら茫然としながらも、言われたとおりに調理場を動きまわった。

「この蠅、すごいなァ」

　とダイが、もうあきらめきった表情で言った。テーブルの上に止まっている蠅だけでも百匹以上いそうだった。

　テーブルのうしろに金色の紙ともビニールともつかないカーテンがあって、それが扇風機の風で動くたびに、ベッドとシーツが見える。店の誰かの寝室なのであろう。

「小世界か。やっぱり中国だよね」

　私はビールをラッパ飲みしながら言った。

「仏教で〈世界〉ってのは、ひとつの太陽惑星の世界のことで、それが千個集まったものを小世界と言うんですぞ」

　私はえらそうに講釈を始めた。

「ひとつの太陽惑星世界といってもですね、土星があり、水星、木星、地球、その他、人間の肉眼では到底見えない星たちも含まれてまして、それを〈世界〉というんですな。その〈世界〉が千個集まって〈小世界〉。その〈小世界〉がさらに千個集まったものを〈中世界〉。さらにその〈中世界〉が千個集まったものを〈大世界〉。つまり千を三乗した数の世界がこの宇宙にはあるとインドの宇宙観は教えてるわけで、だから〈三千大千世界〉という言葉があるんですよ。それって、想像がつくか？　考えてると、気が遠くなりそうな大きさでっせ」

誰も私の話を聞いていない。追い払っても追い払っても顔や手に止まる蠅を無気力に見やり、箸や皿を黒くさせている蠅たちに、絶望のまなざしを向けるばかりだった。

「三千世界の烏《からす》を殺し、主《ぬし》と朝寝がしてみたい……。これは高杉晋作《たかすぎしんさく》が作った歌だけど、なんだかおもしろいよね」

誰も返事をしない。

「ぼくは二十歳《はたち》だった。それがひとの一生でいちばん美しい年齢だなどとだれにも言わせまい……。これはポール・ニザンの『アデン　アラビア』（篠田浩一郎訳、晶文社刊）の書き出し。『アデン　アラビア』はねェ」

私の言葉をさえぎり、

「元気やなァ」

とダイがあきれたように言った。

「『アデン　アラビア』と三千大千世界と何の関係があるの？」

そう訊き返されると、私は自分が何を言いたかったのかわからなくなってしまい、

「たかが蠅の百匹や二百匹がどないしたっちゅうねん、と言いたかったのかも……」

と誤魔化して、ビールを飲んだ。扇風機の風が、かえって暑さをあおっている。

トルファンに近づくにつれて、刻一刻と暑さが増していった。

漢字では吐魯蕃という字で、古くは火州と呼ばれたところである。火州とは、なんとも簡潔明瞭な命名で、まさに火の如《ごと》く暑い州であり、西安のほうから入るには、焔《ほのお》のような山を越えなければならず、私たちは午後三時過ぎに、ついに火焔山の山肌を目にしたのだった。

火焔山の長さは約百キロ、幅は十キロで、山肌には朱や赤の、まったく炎と同じ形の模様が浮き出ている。

——炎に包まれている。

そんな錯覚にとらわれるほどの景観と暑さのなかに入ると、車の窓からの風で息が苦しくなってきた。

「ファン・ヒーターの風でも、こんなに熱くはないって気がしますねェ」

とワリちゃんが唇の皮を干からびさせて言った。

「そやけど、窓を閉めたら死ぬで」

私はミネラル・ウォーターを飲みつづけ、いっときも早くこの一帯から抜けだしたいと祈るような思いで言った。

故障したトラックが停まっていて、何人かの男たちが、車体の下にうずくまり、直射日光から身を守っていた。

民家はなく、勿論、電話なんてどこを探してもないので、こんなところで車が故障したら、いったいどうすればいいのかと、私たちはトラックの人たちの身になって考えてみるのだが、おそらく通りがかりの車の運転手に頼んで、トルファンの自動車修理屋にしらせてもらい、その到着を待つ以外、いかなる方法もなさそうだった。

「そない言われても、きょうはえらい忙しいてなァ。人手も足らんし、車を修理しに火焔山まで行けるのは、四日ほどあとやな」

なんて修理屋の親父に言われようものなら、一巻の終わりで、修理屋が来てくれたころには全員ミイラとなっているであろう。

「俺たちの車、大丈夫やろな。あすは我が身ですからね」

私は運転手の鞠さんに話しかけた。鞠さんは愛想笑いだとか、人の冗談につき合って相槌《あいづち》を打つということはなく、自分のやり方をつらぬく人で、それが逆に鞠さんという男に信頼感をもたらしている。

痩身で、口数は極端に少なく、笑わない。ウルムチに住んでいて、娘さんが一人いる。

「故障したら、私が自分で直すよ」

と鞠さんは前方を見つめたまま言った。

火焔山のど真ん中あたりで、私たちは車から降りて記念写真を撮った。

山全体が炎に見えて、私たちは五分も立っていられなかった。山が、わずかな風もさえぎって、地表の温度は七十度を超えていそうで、まさに煮えたつ地獄の釜の底といったところである。

「気温は五十度くらいですかね」

とワリちゃんが言ったので、私は手に持ったままの自分のミネラル・ウォーターを手の甲にかけた。

「完全に湯になってる。四十二、三度ありそう」

「風呂の湯でも四十二度っていったら、熱めだぞ」

ハヤトくんはそう言いながらも、あっちへ走ったり、こっちへ走ったりしながら、写真を撮りつづけている。

「あんまり動くと、またコンタクト・レンズを落とすよ。ひょっとしたら、目のなかで反ってたりして」

と私は言った。

もはや思考能力はかけらもなく、炎の形をした山肌をあきれて見つめるばかりである。おそらく、私の自律神経はびっくりしてしまい、体内のあらゆる制御装置は停止し、環境に適応するための均衡能力は右往左往していることであろう。

「早ク行キマショウ。ココニイタラ死ンデシマウ」

車から降りようとしないまま、後部座席にもたれて、フーミンちゃんは言った。

そのとき、私たちは、一様に口を閉じ、唖然《あぜん》として、トルファンのほうからの坂道をやって来た二人の人間を見つめた。

それは、自転車に二人乗りした若い男女だった。

二人は談笑しながら、私たちの前をゆっくり通り過ぎた。

「いまの、人間やったよね」

と私は誰にともなくつぶやいた。

「人間でしたよね。自転車に二人乗りして、笑いながら話をしてましたよね」

ワリちゃんも、焦点が定まっていない目で、二人の若い男女が消えて行った曲がり角を見ている。

「男は人民服、女は長袖のブラウス。息も切らしてなかったぞ」

ハヤトくんは口を半開きにして言うと、なぜか舌打ちをした。

「どこかに家なんてある？　オアシスなんて、どこにある？　あいつら、どこから来て、どこへ行くのん？」

ダイが力のない声でそうつぶやくと、ハシくんも、

「なんか、ちょっとそこのコンビニにオニギリを買いに行くって顔でしたね」

と言った。

「火焔山でデート……、灼熱《しゃくねつ》の恋……、なんて悲壮感、まるっきりなかったよね」

私はそう言ってから、もう一度みんなに、

「たしかに、いま、自転車に二人乗りした若い男と女が、笑いながら通り過ぎたよね。幻覚とは違うよね」

と訊いた。誰も答え返さなかった。

「トルファンマデ、アト一時間。途中ニ、勝金口千仏洞ガアリマス。観マスカ？」

フーミンちゃんの言葉に、みんな小さく首を横に振った。

「天道、是か非か」

私は湯と化したミネラル・ウォーターを飲みながら、そうつぶやいた。

「えっ、何か言いました？」

ワリちゃんが訊き返したが、私は、いや、なんにも言ってないと答えて車に乗った。

火焔山を通過し、前方に小さなオアシスが見えてきたが、そのあたりでも道路工事が行われていて、作業員たちは、ぶあつい衣服を身にまとい、目だけ見える形で顔中に布を巻き、ブリキの缶に入った煮えたぎるコールタールを運んだり、掘り起こしたアスファルトのかたまりを背の袋に詰めて、砂埃のなかで働いていた。

標高はさらに低くなり、敦煌周辺の暑さとはまた異質の、苛酷という言葉などでは到底捕えきれない状況下での肉体労働が、とりわけ女性作業員たちを路上に横たわらせてしまっている。

そのような暑い道に横たわって、つかのまの休息をとるのは、衰弱した体には死を意味するのではないかと思うのだが、ゴビのなかの工事現場にあっては、それ以外の体の休め方はないのであろう。休んでも殺す、働いても殺す。賢くても、馬鹿でも殺す。そのどちらでもないやつには死んでもらう。さあ、どっちだ……。それを選択させたのが「文化」大革命のレトリックであったと私は思っている。

世界には、もっともっと苛酷な状況下における労働はあるかもしれない。にもかかわらず、それが本人の志願によるものとしても、幾人もの女性が屍のように道に倒れて、そのまま焼け焦げていくかのように休息をとらねばならない職場を、私たちは正視することができなかった。

臥して休んでいる女性を見るのは失礼だという気がして、私たちは遠くの、土で作った四角い箱のような小屋を見やった。壁には無数の賽《さい》の目《め》状の穴があいている。そこから乾燥しきった空気が出入りして、なかに吊るしたブドウは干しブドウになる。

トルファンの名産である干しブドウを作る小屋の数が増えてきたのだった。

「政治家や役人と手を組んで、あこぎなやり方で濡れ手で粟《あわ》みたいな金儲けをして、使用人にははした金程度の給料を渡して、必要でもない宝石や服に囲まれて、女をはべらせて、たいした病気もせずに長生きしやがるやつが、この世にはたくさんいるんだよな」

私は女性作業員の足の裏に目をやって、そう言った。

「スターリンが、自分の権力を増大させるために、いったいどれだけの人間を殺したと思う。自分の意のままにならないやつ、自分にとって邪魔になるやつを、正義の粛清っていう大義名分で一千万人以上も虐殺した。それなのに、天道はスターリンをこらしめなかったよね。少なくとも、俺たちの目に映る形ではね」

ワリちゃんは黙って、私の言葉を聞いていた。

「香港《ホンコン》に住んでる人がね、こんな話を俺にしたことがある。文化大革命のとき、手足を縛られた死体が、中国本土から毎日毎日、何百体も流れ着いた。自分は毎日、それを見たって……。

毛沢東が、あらゆる大義名分で殺した人間の数は、スターリンのそれどころじゃないんだって言ってた。それなのに、いま毛沢東は革命の英雄だ。文化大革命なんて、つまりは、自分より才能のあるやつ、自分よりも頭のいいやつ、自分のやり方にとって邪魔になるやつを皆殺しにするための大義名分にすぎなかったんだって。お陰で、中国には未来に向けての人材が消え去って、ひとにぎりの頭のいいやつと、無知蒙昧《もうまい》の輩だらけになった。中国はいま、あわてて、そのときにアメリカに亡命してアメリカの大学を卒業したやつらを、呼び返してる。だから、中国はやがて滅びるって、その人は断言したけど、さあ、どうなるのかなァ」

もし、香港で知り合ったその老人の言葉が、いつの日か現実となったとしたら、それは天道のしからしむるところなのであろうか……。アメリカに亡命した頭脳が中国を動かす。香港返還で、その火が切られるとしたら……。

ひとにぎりの指導者の悪業に対する天罰は、他の罪のない民衆までをも巻きぞえにするのであろうか……。

「天道って何なんやろうなァ。二十年や三十年の単位では、天道のなんたるかは見えないっちゅうことかなァ……」

ワリちゃんは黙り込んでいる。疲れているのか、私の言葉について考え込んでいるのか、私にはわからなかった。

「あれはカレーズでしょうか」

とワリちゃんが口を開いた。

天山山脈のほうから、ゴビのなかから一直線に延びて来ているものがあった。

カレーズは、この地方独特の灌漑用水で、天山山脈の伏流水を町につなげるための方法である。

ゴビに井戸を掘る。掘り当てたら、その場所からオアシスへと十メートルほどのところに別の井戸を掘る。そうやって、こんどは井戸の底と底とを掘り抜いて流れをつなげる。

つなげたら、また次の井戸をオアシスのほうに掘り、さらにつなげる。それを何十キロ、あるいは何百キロにもわたって繰り返し、ゴビの土中に川を作るのである。

私たちは車から降り、カレーズのためのものと思われる穴のところに行き、なかを覗《のぞ》き込んだ。何も見えないし、水の音も聞こえなかった。

ダイが穴の底に石を投げたが、物音ひとつ聞こえない。

「涸れたんですね」

とワリちゃんが言った。

「カレーズも涸れるのかな。土の底を流れてるっていうのに」

私たちが穴の底に石を投げて耳を澄ましていると、

「ソノカレーズ、涸レテルソウデス」

と車のなかからフーミンちゃんが言った。

水脈に変化が生じて、そのカレーズという地下トンネルに水は流れなくなったのだった。

天山山脈から私たちが立っている地点まで、いったい何十キロあるのか見当がつかない。ひょっとしたら、何百キロという道のりかもしれない。

そのゴビのなかで、十メートルごとに穴を掘り、穴と穴の底を掘ってつなげるという作業もまた気の遠くなるような努力と労力と忍耐力が必要だったことであろう。

しかし、カレーズは涸れ切って、うっかり足を滑らせて落ちようものなら、命を落としかねない無用のただの穴のつらなりと化していたのだった。

「天は、非情でっせ。権力を腐敗させ、民衆の命の水を涸れさせる」

私は言って、トルファンの町と思える遠くのオアシスを見た。

（『ひとたびはポプラに臥す　2』に続く）

本書は、二〇〇二年三月、講談社文庫として刊行された
『ひとたびはポプラに臥す』第一巻、第二巻を再編集しました。

初出
「北日本新聞」一九九五年十月十日〜一九九七年二月十一日（週一回）

単行本『ひとたびはポプラに臥す1』一九九七年十二月　講談社
『ひとたびはポプラに臥す2』一九九八年四月　講談社

※参考文献は最終巻に掲載します。

本文デザイン／目﨑羽衣（テラエンジン）
写真撮影／田中勇人〈北日本新聞社（当時）〉
絵地図／今井秀之
カバーイラストは、田中勇人氏撮影の写真をもとに、坪本幸樹氏が描き下ろしたものです。

宮本　輝の本

草花たちの静かな誓い

アメリカ在住の叔母の突然の訃報。ロサンゼルス郊外の彼女の家に駆けつけた弦矢を待っていたのは、四千二百万ドルもの莫大な遺産と秘められた謎で……。運命の軌跡を辿る長編小説。

集英社文庫

宮本　輝の本

田園発　港行き自転車（上・下）

なぜ父はこの地で死んだのか――。十五年後、絵本作家になった娘・真帆は長年のわだかまりを胸に、父の足跡を辿って富山へと向かう。幸福の意味を問いかける、感動の群像長編。

集英社文庫

宮本　輝の本

いのちの姿　完全版

自身の病気のこと、訪れた外国でのエピソード。様々な場面で人と出会い、たくさんのいのちの姿を見つめ続けた作家の、原風景となる自伝的随筆集。新たに五篇を収録した完全版。

集英社文庫

宮本　輝の本

水のかたち（上・下）

東京の下町に暮らす五十歳の主婦・志乃子は、もうすぐ閉店する近所の喫茶店で骨董品を貰い受けるが……。ひたむきに生きる人々の、幸福と幸運の連鎖から生まれた、喜びと希望の物語。

集英社文庫

集英社文庫

ひとたびはポプラに臥《ふ》す　1

2022年12月25日　第1刷　　定価はカバーに表示してあります。

著　者　宮本《みやもと》　輝《てる》
発行者　樋口尚也
発行所　株式会社　集英社
東京都千代田区一ツ橋2-5-10　〒101-8050
電話　【編集部】03-3230-6095
【読者係】03-3230-6080
【販売部】03-3230-6393（書店専用）
印　刷　図書印刷株式会社
製　本　図書印刷株式会社

フォーマットデザイン　アリヤマデザインストア　　マークデザイン　居山浩二

本書の一部あるいは全部を無断で複写・複製することは、法律で認められた場合を除き、著作権の侵害となります。また、業者など、読者本人以外による本書のデジタル化は、いかなる場合でも一切認められませんのでご注意下さい。

造本には十分注意しておりますが、印刷・製本など製造上の不備がありましたら、お手数ですが小社「読者係」までご連絡下さい。古書店、フリマアプリ、オークションサイト等で入手されたものは対応いたしかねますのでご了承下さい。

© Teru Miyamoto 2022　Printed in Japan
ISBN978-4-08-744463-6 C0195